W0463768

CELLE QUE J'AI LAISSÉE

© ACTES SUD, 2021
ISBN 978-2-330-15143-0

Marie-Françoise Colombani / Clarisse Quillet

CELLE QUE J'AI LAISSÉE

Illustrations
Damien Roudeau

Préface
Boris Cyrulnik

ACTES SUD

Un jour ou l'autre, il nous faudra laisser ceux qu'on aime. L'adolescent aspire à quitter ses parents parce que le surgissement du désir sexuel et le besoin d'indépendance les invitent à partir. Un jour ou l'autre, nos aînés disparaîtront, emportant avec eux notre affection meurtrie. Un jour ou l'autre, la guerre, la misère, la sécheresse pousseront une partie de la population, les jeunes surtout, à s'arracher à l'attachement de ceux dont ils ont encore besoin. Dans tous ces cas, la souffrance sera la preuve de leur amour déchiré.

Depuis que les êtres humains sont sur terre, ils se séparent de leur mère, de leur foyer ou de leur pays, ce qui constitue toujours un tourment. Quand l'exil est choisi, les jeunes sont fiers d'avoir triomphé de cette épreuve, d'avoir découvert un autre pays, une autre langue, une autre culture dont ils feront un récit heureux à ceux qui sont restés au pays. Mais quand l'exil est forcé, ceux qui ont dû partir ne connaissent qu'une cascade de traumatismes.

Pour ne pas mourir, ils ont été obligés de fuir le pays qu'ils aimaient, la terre de leurs ancêtres, là où ils sont nés, là où leurs parents sont enterrés, ceux avec qui ils ont tissé les liens de l'attachement. Ils ont voyagé dans des conditions de torture physique et mentale, ils ont été menacés, agressés, rackettés par leurs ennemis autant que par ceux qui ont profité de leur malheur. Et quand ils ont fini par arriver on ne sait où, ils n'ont pas trouvé une terre d'accueil. C'est un camp clôturé où ils ne pouvaient rencontrer personne, ni travailler, ni apprendre une autre langue, ni découvrir l'autre culture qui les a enfermés.

L'Eldorado n'est plus doré. Il est sombre quand l'émigrant arrive dans un Émirat où on lui prend son passeport pour le réduire en esclavage. Le pays de rêve se transforme en enfer quand le réfugié se contente d'un abri délabré et d'un salaire de misère pour faire un métier sordide et parfois dangereux que les premiers habitants ne veulent plus faire.

Ces voyages ne sont pas des explorations difficiles et épanouissantes, ce sont des pertes irrémédiables.

Quand j'étais enfant, il y avait deux sortes d'immigrants : ceux qui venaient de l'extérieur, les Italiens qui, après avoir fui le fascisme et la famine, ont subi les "ratonnades" du pays d'accueil ; les Espagnols qui, après avoir survécu aux bombardements et aux fusillades, ont été mis dans des camps du Sud de la France ; les Polonais chrétiens qui ont travaillé dans les usines quinze heures par jour et les Polonais juifs qui ont été exterminés. Deux générations plus tard, leurs petits-enfants sont fiers et heureux d'être français.

Mais il y avait aussi une "immigration de l'intérieur". Les Bretons qui arrivaient à Montparnasse avec si peu d'argent dans leurs poches qu'ils acceptaient n'importe quel travail – les garçons se faisaient ramoneurs et les filles se transformaient en Bécassine. Sans parler des femmes du Morvan qui abandonnaient leur nouveau-né au pays pour venir allaiter les bébés parisiens.

Il existe aujourd'hui sur la terre cent à deux cents guerres, un terrorisme planétaire et une émigration climatique qui déplacera 200 millions de personnes. On compte déjà plus de 60 millions d'enfants errants, sans famille, mutilés ou traumatisés.

La migration, qui est une survie pour les émigrés, nécessite-t-elle ce prix exorbitant ? Alors que c'est une chance pour le pays d'accueil qui reçoit des jeunes bras de travailleurs, écoute de nouvelles musiques, goûte de nouvelles cuisines et découvre de nouveaux concepts qui font évoluer la culture. Il en est ainsi depuis que les êtres humains sont sur terre. Il ne faut pas que le terrorisme s'installe comme une entreprise mondiale totalitaire qui empêcherait cette évolution, en forçant l'émigration et en construisant des camps. **Boris Cyrulnik**

CELLE QUE J'AI LAISSÉE

"Qui ou quoi te manque le plus ?" C'est la question que nous avons posée à des mineurs isolés étrangers (MIE), filles et garçons, ainsi qu'à de très jeunes majeurs.

Pourquoi cette question ?
Parce qu'en cette période difficile, la situation des migrants ne fait plus beaucoup l'actualité. Ou à peine le temps d'une info sur un sauvetage en Méditerranée, à condition qu'il soit spectaculaire avec un grand nombre de femmes et d'enfants au bord de la noyade. Aujourd'hui, compassion et inquiétude sont largement mobilisées ailleurs et "l'étranger" nous touche moins que les membres de nos familles, nos voisins, nos concitoyens…

Mais pourquoi cette question : "Qui ou quoi te manque le plus ?"

Parce que nous avons voulu faire parler des jeunes migrants en évitant les chiffres, les statistiques, les témoignages effrayants sur ce qu'ils subissent en Libye et les récits terribles de leur voyage jusqu'à nous. Nous avons simplement voulu qu'ils racontent ce qu'il y a derrière leur prénom ou leur origine géographique : une histoire qui a commencé bien longtemps avant leur départ. Une histoire d'amour, d'attachement et de tendresse qui n'a pourtant pas empêché ces garçons et ces filles de se lancer à 13, 14, 15 ans sur des chemins dangereux où ils savaient qu'ils pouvaient perdre la vie.

Tout ça pour arriver où ? À des milliers de kilomètres de chez eux, dans un monde qu'ils pensaient meilleur.
Qui ou quoi leur manque le plus ?
"Ma maman", ont-ils répondu à une très large majorité. Puis "ma grand-mère", quand elle a été obligée de remplir ce rôle, ou encore une petite sœur, un petit frère…
Mais alors pourquoi sont-ils partis ? Pourquoi les ont-ils quittés ?
Vous l'apprendrez en lisant leur récit.
Contrairement à ce à quoi l'on pouvait s'attendre, la guerre, la faim, la peur, ne sont pas toujours les premières causes de leur exil.
Écoutez parler Ellis, Grâce-Bénédicte, Kadi, Yassir, Abdoul, Ali… Même si l'envie de retourner en arrière, même si le désespoir et le manque les ont accompagnés tout le long de la route, ils ne regrettent rien.

Aujourd'hui, que l'on soit pour l'ouverture des frontières ou que l'on milite pour leur fermeture, que l'on se batte pour davantage d'hospitalité ou que l'on réclame un accueil sélectif, une réalité devrait s'imposer et mettre tout le monde d'accord : quoi que l'on fasse, les migrants seront de plus en plus nombreux à arriver. Pourquoi ? Parce que les conflits, les dictateurs, la misère, le réchauffement de la planète mais, surtout, une explosion démographique qui, de plus en plus, jette sur les routes les très jeunes qui, dans toute l'Afrique comme en Inde, au Pakistan ou en Afghanistan, représentent plus de la moitié de la population.
Sans aucun avenir, qu'aurions-nous fait à leur place ? Sans l'école, le travail, la liberté, la paix, qui relèvent pour eux de la science-fiction, nous aurions nous aussi tenté de rejoindre un monde idéalisé.

Écoutez maintenant ce que Ahmad, Youssef, Mohamed, Cynthia, Hamadi, Siaka et Ben racontent sur leur jeune passé. Courage, détermination, force, sacrifices… et pourtant, ils ne sont encore que des enfants.

Marie-Françoise Colombani

MA GRAND-MÈRE NOUS AIMAIT BEAUCOUP. ON FAISAIT TOUT ENSEMBLE

Cynthia *Congo*

JE N'AI PAS VU MA PETITE SŒUR DEPUIS TROIS ANS. J'avais 14 ans et elle 9 ans quand on nous a séparées. Il n'y a qu'elle qui me manque. Aujourd'hui, j'ai 17 ans. Je suis née au Congo-Kinshasa. Quand j'ai eu un an, ma mère et moi sommes parties en Angola pour rejoindre mon père qui était déjà là-bas. Ma petite sœur est née quatre ans après. Elle s'appelle Génovi.

Quelques années après notre arrivée en Angola, mes parents se sont séparés. Depuis ce moment, je n'ai plus eu de nouvelles de mon père. J'avais 9 ans. Ma mère s'est mise avec un autre homme. Avec mon beau-père on ne se comprenait pas, je n'étais pas à l'aise avec lui.

Ma grand-mère est venue nous rendre visite en Angola quatre ans après la séparation. Quand elle a vu que nous n'étions pas heureuses avec notre beau-père, elle a pris ma petite sœur avec elle. Elle voulait nous emmener toutes les deux mais j'ai dû rester avec ma mère et mon beau-père car j'étais assez grande pour travailler avec ma mère au ménage. J'avais 13 ans. Ma mère vendait des épices sur le marché, moi j'allais à l'école et j'aidais à la maison. Mon beau-père a continué avec ses habitudes bizarres. En plus, il me battait. Je le disais à ma mère, mais elle me répondait que ce n'était pas grave, elle ne me croyait pas, elle disait que j'inventais.

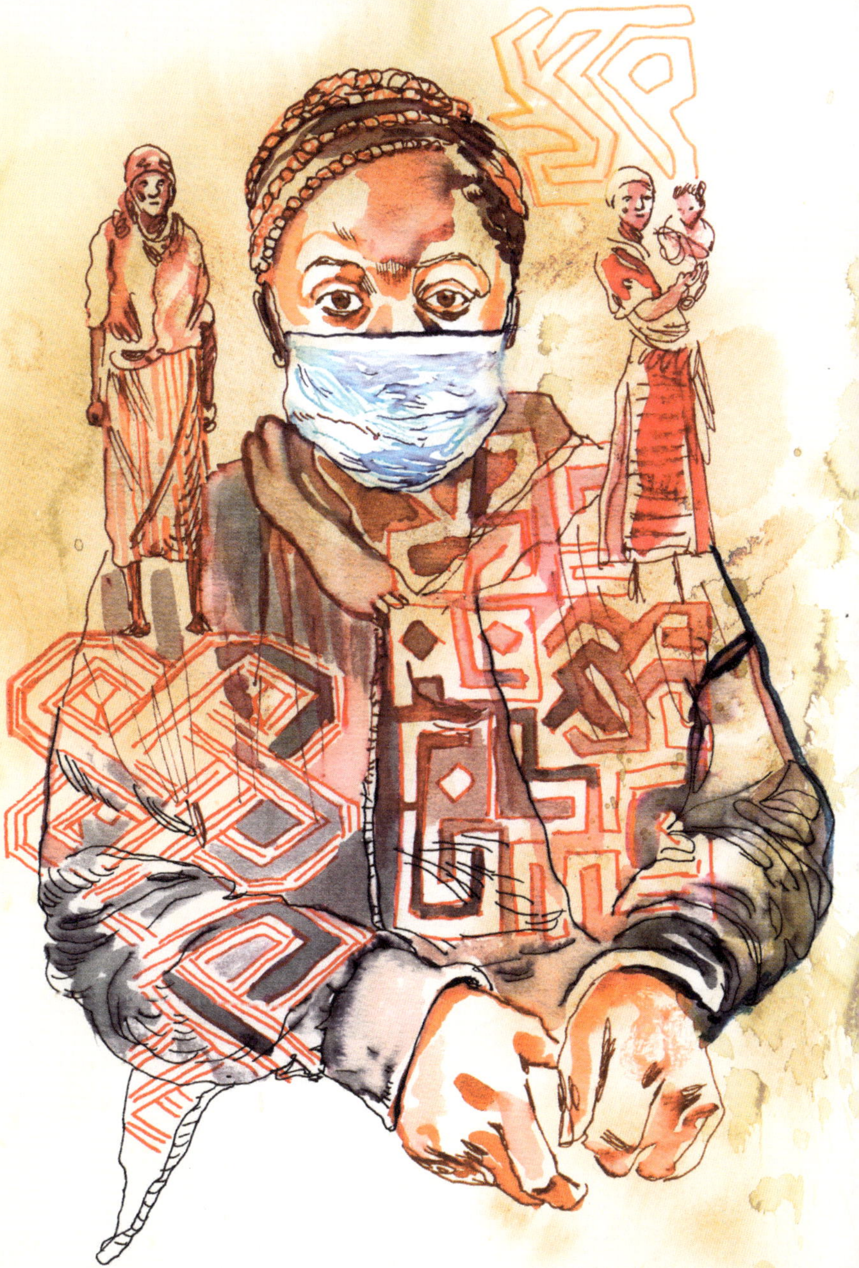

Alors, je suis partie. J'ai demandé à ma grand-mère au téléphone si elle pouvait me prendre avec elle, elle a dit oui. Je suis allée au Congo en bus. Ma mère m'a laissée partir. J'ai rejoint ma grand-mère et ma petite sœur. La vie n'était pas très bien car ma grand-mère n'avait pas d'argent. Je n'allais plus à l'école et Génovi non plus, ma grand-mère ne pouvait pas la payer. Je n'avais pas d'autre famille.

Le nom de ma grand-mère était Mélé. Elle nous aimait beaucoup. On faisait à manger ensemble. Le plat que je préférais était le *pondu* : des feuilles de manioc, de l'huile de palme, parfois avec du poisson et d'autres légumes, c'est trop bon. Je l'aidais à la cuisine.

Ma grand-mère nous a appris beaucoup de choses, on faisait tout ensemble. Nous allions acheter des grands sacs de charbon et, après, on le mettait dans des petits sacs que nous vendions au marché. Ma grand-mère parlait le kilanga, et elle chantait en kikongo, la langue de son village, une langue difficile. C'étaient des chants qui parlaient des dieux.

Elle dansait, chantait, j'aimais bien, c'est des bons souvenirs. Avec ma petite sœur on était toujours toutes les deux, c'était moi qui la lavais et qui m'occupais d'elle. Elle était gentille, serviable. Quand je faisais la vaisselle, elle venait toujours m'aider.

Ma grand-mère avait des soucis, dès fois elle pleurait. Elle n'avait qu'un enfant et c'était ma mère qui ne lui donnait jamais de nouvelles et n'en demandait jamais. Ma grand-mère est décédée. Nous sommes restées moins d'un an avec elle. J'avais 14 ans. On ne connaissait personne. C'était trop difficile. Des amies de ma grand-mère nous ont emmenées chez elles. Une a pris ma petite sœur et une autre, moi. À partir de ce moment-là, on ne s'est plus revues. Là où j'ai dû aller, ce n'était vraiment pas bien. On m'a accusée d'être une sorcière. En Afrique c'est comme ça. On m'a dit que c'était à cause de moi que ma grand-mère était morte, que je l'avais tuée. Je ne comprenais rien du tout.

On ne me donnait pas à manger. La famille me faisait travailler. La femme me disait de chercher du travail. Au Congo, des gens vendent de la nourriture dans la rue, j'allais les voir et je travaillais pour eux. Je lavais les assiettes et après ils me donnaient de la nourriture ou un peu d'argent. C'était toujours le soir.

Un jour, la dame pour qui j'avais l'habitude de travailler n'avait pas de travail, rien à laver. J'avais faim. J'allais faire demi-tour quand je les ai vus. Les Kulunas ! Ce sont des garçons qui demandent de l'argent à des personnes, et si on ne leur donne pas, ils frappent, ou violent. Ce sont des bandes. Ce soir-là, il faisait déjà nuit, ils m'ont demandé de l'argent mais je n'en avais pas. Un était derrière moi. Je ne sais pas ce qu'il m'a fait à la tête mais je suis tombée, j'ai perdu connaissance. Quand je me suis réveillée, j'étais à l'hôpital. À côté de moi, il y avait un "tonton", c'est comme ça qu'on appelle les hommes qui ne sont pas de la famille.

Je ne l'avais jamais vu. Je me sentais pas bien du tout, j'avais mal à la tête. Je lui ai demandé qui il était et ce qui s'était passé. Il m'a dit qu'il m'avait sauvée des garçons qui voulaient me faire du mal. Il s'appelait Clovis. Je lui ai expliqué ma situation, je lui ai tout raconté. Il m'a dit que je n'avais pas besoin de retourner où j'habitais, que je pouvais aller chez lui. "Tu seras comme ma fille." J'ai accepté. Je suis allée chez lui et je travaillais pour lui. Il sortait tôt et rentrait tard. Ça se passait bien, je m'occupais de la maison. J'étais sa bonne. Je mangeais et je dormais là-bas et il m'achetait des habits parfois. Il voyageait beaucoup et il faisait voyager des gens, c'était son travail. Il s'occupait des papiers. C'était un passeur.

Parfois je l'accompagnais. Un jour, on est partis en Angola, à Luanda. Je ne savais pas trop ce qu'il faisait, je ne lui demandais rien. Là-bas, il a reçu un appel : il devait se rendre dans une autre province de l'Angola, à Huambo. On a pris nos affaires et on est partis.

Le matin, il est sorti de l'hôtel et il est revenu à midi, ce qui n'était pas dans son habitude. Je regardais la télé au rez-de-chaussée de l'hôtel. Il m'a laissé un sac, nous avons mangé et il est allé se reposer dans la chambre. J'ai continué de regarder la télé, je n'ai plus pensé au sac. Une heure après, je l'ai vu descendre avec la police, je me suis levée pour aller vers lui.

Il m'a fait signe de ne pas bouger. Je suis restée assise. Il est parti. Je ne savais pas ce qu'il avait fait, j'étais paniquée. J'ai pris mon sac, celui qu'il avait laissé et je suis sortie de l'hôtel. Dans son sac, il y avait des documents et de l'argent. J'ai pris un billet de

bus et je suis retournée à Luanda. Une fois arrivée, je ne savais pas où aller. J'ai jeté les documents. Je suis allée dormir dans un petit local à côté de l'église. Le pasteur m'a demandé ce que je faisais là. Je lui ai tout raconté. Je lui ai dit que j'avais de l'argent, je le lui ai montré, et je lui ai expliqué comment je l'avais eu. Le pasteur a eu peur, il n'a pas voulu que j'aille chez lui mais il me donnait quand même à manger. J'étais toute seule, sans famille, et j'étais aussi paniquée, car je ne savais pas pourquoi la police avait pris le "tonton".

J'ai demandé au pasteur : "Vous pourriez me faire partir ?" Au début, il m'a dit que je ne pouvais pas, que je n'étais qu'une enfant, mais il a ensuite parlé avec sa femme et une personne qu'il connaissait et qui faisait voyager. Il est venu alors me dire que c'était possible de partir en Europe, que là-bas quand les enfants arrivent sans parents ils peuvent aller dans un orphelinat.

À ce moment-là, j'avais 15 ans. Je n'avais pas le choix. J'ai donné tout l'argent. Le passeur m'a fait un faux passeport qui disait que j'étais majeure. Il a payé des billets d'avion pour aller au Portugal. Nous sommes arrivés à Lisbonne et il m'a laissée chez une fille. Je lui ai dit que ce n'était pas là où je voulais aller, pour moi l'Europe c'était la France. Je parlais français, ma mère parlait français avec nous, et on regardait des séries qui étaient en français et en lingala.

Il ne m'a pas emmenée à l'orphelinat comme il me l'avait dit. Il est reparti et il m'a laissée avec sa copine. Je me sentais comme en prison, je ne pouvais pas sortir car on me disait que la police allait me prendre. Je disais à la dame de l'appeler et de lui dire de m'emmener à l'orphelinat en France. Je pleurais. Elle en avait marre de moi. Elle lui a dit de me reprendre. Il était fâché avec moi. En février, il est venu, on a pris le bus jusqu'à Paris.

Le soir on a dormi à la gare et le matin il m'a dit que j'allais aller toute seule dans un train jusqu'à Chambéry. Il était énervé. J'avais peur mais il m'a dit qu'il ne pouvait pas venir avec moi. Il a écrit sur un petit papier "Chambéry" : "Quand tu vois ce mot tu descends." Il a dit qu'il allait y avoir des gens qui m'emmèneraient dans un orphelinat.

À l'arrivée j'ai rencontré assez vite une fille qui parlait le lingala et elle m'a emmenée au Secours catholique puis au conseil départemental. J'avais avec moi mon acte de naissance qui

montrait que j'étais mineure. Le passeur avait gardé avec lui les faux papiers.

Je voulais venir en France pour retourner à l'école et avoir une vie normale, comme une personne de mon âge.

En ce moment, j'apprends la cuisine. À l'école ça se passe bien, on me félicite beaucoup. La cuisine me plaît, mais je garde le rêve de devenir infirmière. Aujourd'hui ça va, je suis dans un foyer, j'aime l'école, j'ai des amis.

Je ne suis pas encore reconnue mineure, mais l'association m'aide pour faire reconnaître ma minorité, je devrais bientôt voir le juge.

MA MÈRE AVAIT TOUJOURS DE LA PEINE POUR MOI MAIS, CE JOUR-LÀ, C'EST MOI QUI L'AI CONSOLÉE

Mohamed *Guinée*

AÏSSATSAFADIJA EST LE NOM DE MA MÈRE. Elle est née à Kankan, une ville du Mandé, une des plus grandes régions de la Haute-Guinée. Quand elle s'est mariée avec mon père, elle est partie vivre avec lui à Conakry. Elle n'est jamais allée à l'école. J'ai un grand frère, Ibrahim, et une grande sœur, Fatouna Foufana. Je suis né dans la capitale, comme eux. Mon père est mort quand j'avais un an.

Ma mère a été obligée de me donner à son petit frère. Elle n'avait plus rien, même pas de quoi s'occuper de moi. Elle a juste pu garder mon frère et ma sœur. Je suis donc parti à Forécariah chez mon oncle qui était agriculteur. J'allais à l'école et je l'aidais à cultiver les champs de maïs et de blé. On dormait dans des cases, des maisons faites en terre et en bouses de vache. C'est trop bien de dormir dedans.

J'ai grandi dans ce village. Et je n'ai pas vu ma mère pendant plusieurs années. Je lui téléphonais seulement de temps en temps. Quand j'ai eu 15 ans, mon oncle est mort. Je suis resté avec sa femme mais ça n'allait pas du tout. Elle était méchante. Elle ne voulait plus s'occuper de moi. Elle avait deux enfants et elle ne me considérait pas comme eux. Elle voulait que je travaille beaucoup pour elle et elle ne demandait jamais rien à ses enfants.

Alors, j'ai appelé les demi-frères de mon père qui habitaient dans la capitale et je leur ai demandé si je pouvais venir habiter chez eux. Mon père leur avait prêté des biens. Mais, après sa mort, ils ont tout caché pour tout garder. Ils ne pouvaient pas refuser de m'accueillir, nous sommes du même sang.

J'ai quitté Forécariah et je suis allé vivre à Conakry. Moi, j'imaginais que je continuerais à aller à l'école. Mais ça ne s'est pas du tout passé comme ça. Ils n'ont pas voulu et ils m'ont fait travailler. Tout ce qu'il y avait à faire dans la maison, c'était moi qui devais m'en occuper.

Ma mère habitait la même ville, mais pas dans le même quartier. J'allais lui rendre des visites. Elle n'était pas du tout contente de savoir comment mes oncles me traitaient, mais elle ne pouvait rien dire, elle pouvait juste me consoler. Quand j'étais malade, je restais chez elle. Elle s'occupait bien de moi. Elle me faisait de la soupe avec des boulettes.

Elle me disait souvent : "Ça va aller. Il faut accepter les choses comme elles sont et, un jour, elles changeront." Je l'aidais dès que je le pouvais et comme je le pouvais.

En Afrique, la maman est très, très importante et, si on a une bonne éducation, on n'a pas le droit de la regarder travailler sans rien faire.

Ici, en France, quand je vois une personne âgée, je vais tout de suite lui proposer mon aide, lui laisser ma place dans le bus, porter un paquet ou lui rendre un autre service. C'est une valeur que ma mère m'a transmise et que je veux toujours garder.
Ma maman ne s'est jamais remariée. Elle aimait me parler de mon père. Elle me disait qu'il était quelqu'un de bien. Qu'il avait

beaucoup d'amis. Ma mère se plaignait rarement et ne pleurait jamais.

Je me souviens d'une scène qui a marqué ma vie. J'étais en train de lui raconter les malheurs que je vivais avec mes oncles quand elle a posé sa tête contre mon épaule et s'est mise à pleurer. Elle avait de la peine pour moi et, ce jour-là, c'est moi qui l'ai consolée. À partir de là, je me suis dit que la vie était un combat, que je le gagnerais et que je ferais des choses pour que ma mère se sente bien, qu'elle puisse manger de la viande, du poulet, qu'elle puisse bien s'habiller et tout, et tout.

Je voulais qu'elle ne manque de rien. Je me suis juré que tout ce que je ferais et tout ce que j'aurais dans la vie ça serait pour elle. C'est elle qui me manque le plus.

Un jour, je suis allé la voir et je lui ai demandé si elle connaissait un ami de mon père qui pourrait m'aider. Comme elle voulait que les choses changent pour moi, elle m'a donné le nom de quelqu'un au Mali. J'ai contacté ce monsieur et, au téléphone, il a accepté de m'aider à la condition que je ne dise jamais qui il était et où j'allais. Il ne voulait pas avoir de problèmes avec mes oncles.

J'ai donc décidé de le rejoindre au Mali, sans prévenir personne. J'avais vu ma mère pendant toute une année à Conakry mais je ne lui ai pas dit au revoir. Je savais qu'elle n'aurait jamais accepté que je m'en aille, ni au Mali, ni ailleurs. J'avais peur qu'elle m'empêche de partir. J'avais 15 ans. Quand je suis arrivé chez l'ami de mon père, il m'a demandé si je voulais rester ici, dans ce pays, ou si je voulais aller ailleurs. Je lui ai répondu : "Je veux aller loin." Oui, loin de tout, loin de la misère et du malheur. Et, surtout, je voulais étudier. Je savais qu'une personne qui a un bac en Europe a plus de chance de trouver du travail qu'une personne qui a un bac + 5 en Afrique. Mais, au fond de moi, j'avais très peur de quitter ma mère et de partir en la laissant sur un autre continent. Mon choix était dans l'embarras.

En fin de compte, j'ai décidé de quitter l'Afrique. L'ami de mon père m'a mis en contact avec un passeur, qu'il a dû payer.

Je n'aurais jamais imaginé que le voyage serait si difficile, camion, voiture, zodiac… J'ai mis deux mois et demi pour arriver. En Espagne, j'ai appelé ma mère et je lui ai dit que j'étais en Europe. Elle s'est mise à pleurer car elle pensait que j'étais mort. Cela faisait des semaines qu'elle n'avait pas eu de mes nouvelles. Personne ne savait que j'étais parti, sauf l'ami de mon père. Ce jour-là, c'était la deuxième fois que j'entendais pleurer maman. Je lui ai dit que j'étais vivant, en bonne santé et qu'elle ne devait plus jamais s'inquiéter pour moi. Elle était heureuse. J'ai passé quelques mois en Espagne et, ensuite, je suis parti en France car je parlais déjà français. Je suis arrivé à Avignon où je suis encore aujourd'hui. J'ai vécu dans un foyer, je suis allé au collège, au lycée. J'ai intégré un lycée à Marseille et en alternance une entreprise à Avignon. Un jour, un de mes professeurs est venu dans l'entreprise dans laquelle j'étais, et mon patron lui a dit qu'il était très content de ce que je faisais, mes professeurs aussi étaient très contents de moi. Je travaillerai plus tard comme opérateur logistique.

J'appelle souvent ma mère. Au pays, je ne parle qu'avec elle. Je n'ai pas tellement de liens avec mon frère et ma sœur. Nous n'avons pas grandi ensemble. Ma mère me donne juste de leurs nouvelles. Ils vont bien. Quand je l'appelle, elle me dit qu'elle pense à moi nuit et jour. Il n'y a qu'elle que je regrette en Afrique. Aujourd'hui, je peux de temps en temps lui faire parvenir de l'argent et cela l'aide pour vivre. Je lui envoie 30 ou 50 euros. Elle n'arrive même pas à en gagner un seul !

Avec ça, elle peut acheter du pain, du riz et elle mange plusieurs jours de suite. C'est mon devoir de l'aider et je suis content de pouvoir le faire. Elle compte sur moi. Ma mère est fière de moi et cela me donne de la confiance. Si, demain, elle me demandait de rentrer, je le ferais tout de suite. C'est la seule personne qui pourrait me décider. J'ai tenu ma promesse avec l'ami de mon père. Je ne dirai jamais rien sur lui et comment j'ai pu voyager grâce à lui. Quand j'aurai fini mes études, je voudrais retourner en Guinée pour m'occuper de ma mère. Ma maman est tout pour moi. C'est un diamant, c'est de l'or. Elle est pour moi ce qu'il y a de plus important au monde.

J'AIMERAIS VOIR MES FRÈRES ET SŒURS. ILS DOIVENT ÊTRE DIFFÉRENTS MAINTENANT

Ahmad *Darfour*

MON PÈRE ET MA MÈRE ME MANQUENT BEAUCOUP. Ma sœur et mes deux frères aussi. En fait, toute ma famille me manque. Je ne les ai pas vus depuis plus de cinq ans. Je les appelle une ou deux fois par mois mais, comme ils n'ont pas de portable, ce n'est pas facile.

Je suis né au Darfour dans un petit village du Soudan. Dans mon pays, comme en France, il y a beaucoup de régions. Mon père était paysan avec, comme tout le monde, des vaches, des moutons, des chameaux…

On avait trois petites maisons : une pour dormir, une pour manger, une pour faire la cuisine. Ce que ma mère faisait était bon. Aujourd'hui, je me fais à manger mais pas comme elle car je n'ai rien appris là-bas. Au pays, les enfants et les hommes n'ont pas le droit de rester dans la cuisine. Ils risquent de se brûler. Alors, on arrive, on mange, on repart et c'est tout !

Le gouvernement ne faisait rien pour nous. Je n'allais pas à l'école, il n'y en avait pas. On se soignait avec des plantes, il n'y avait pas d'hôpital. Avant moi, mes parents m'ont raconté qu'un autre enfant était né, mais il est mort de maladie deux ans plus tard. Je ne l'ai pas connu. La vie était très dure. Mais on y était habitué, c'était normal pour nous.

S'il n'y avait pas eu la guerre, je serais resté là-bas. À partir de 2003, les combats étaient partout. Les criminels tuaient les gens, volaient les animaux, brûlaient les maisons, les champs…
La vie était très, très dangereuse. Beaucoup de morts.

Avant la guerre, on ne connaissait pas la politique. Quand elle est arrivée, on s'attendait à ce que le gouvernement nous aide.

Mais il n'a rien fait pour nous. En 2004, on est partis dans les premiers. On a tout laissé sauf un âne pour me porter car j'avais la poliomyélite et je ne marche pas. Cinq jours sur les routes avant d'arriver au Tchad. La peur. Tout le temps, la peur. Toute ma famille a fui, mes grands-parents, mon oncle, ma tante, mes cousins… On a tous été éparpillés dans les douze camps de réfugiés du Tchad. On ne les a jamais revus.

Dans notre camp, sont nés mes deux frères jumeaux et ma sœur. Ils ont 14 et 8 ans aujourd'hui. C'était impossible de travailler pour mon père. Même les Tchadiens ne trouvaient pas de travail ! Mais là-bas, j'allais à l'école. Les autorités du camp nous conseillaient de revenir au Darfour mais, nous, nous savions que la guerre continuait, qu'on ne retrouverait rien et que l'on nous prendrait nos papiers. Alors on refusait de rentrer.

Je n'avais aucun avenir. Sauf vivre dans ce camp pour toujours. Longtemps, j'y suis resté ! J'avais de plus en plus envie de le quitter. Le problème n'était pas de partir, mais plutôt de décider de partir. Un soir, sans rien dire à personne, je me suis enfui. Je suis parti dans la grosse voiture d'une association qui distribuait à manger. Je leur ai dit que j'allais dans une autre ville. Pas plus loin. Mais ensuite, je suis passé de ville en ville. Oui, avec mes béquilles. J'étais seul. Je ne connaissais personne mais je n'avais pas peur. Trois mois plus tard, j'ai appelé mes parents pour leur dire où j'étais. Ils étaient très inquiets pour moi, ils m'ont posé beaucoup de questions. Mais je n'avais rien à leur raconter, je ne savais pas où j'allais. Je voulais seulement être loin, avoir du calme autour de moi, ne plus avoir peur…

Je suis resté deux ans en enfer, en Libye. Puis, je suis monté dans un bateau en caoutchouc et je suis arrivé en Italie où j'ai laissé mes empreintes. Je ne voulais pas y rester alors j'ai continué en France. Quand je suis arrivé à Paris, j'ai rencontré Valérie à Emmaüs. La maladie que j'avais me faisait mourir. Valérie m'a aidé à me faire soigner et à avoir des papiers.

Aujourd'hui, j'ai un petit travail : je surveille des enfants dans une école privée deux heures par jour. Je parle de temps en temps à mes parents. Ils vont bien. Ils attendent la paix pour repartir. Mes frères font du foot dans le camp, ils sont supporters, comme moi, de l'équipe Darfur United.

J'aimerais bien avoir un maillot de l'équipe. Si je trouve quelqu'un qui part dans ce pays, je lui donnerai un portable pour qu'il le leur apporte. Pour les appeler plus souvent et envoyer des photos.

J'aimerais voir mes frères et mes sœurs, ils doivent être différents maintenant. Ils ont grandi. J'aimerais revoir mon père et ma mère. Un jour, peut-être…

"MANGE ! MANGE !" AUJOURD'HUI, QUAND J'ENTENDS CES MOTS, JE PENSE IMMÉDIATEMENT À MAMAN

Yassir *Afghanistan*

"Yassir chéri, tu es un ange et tu ne dois pas t'inquiéter, m'a dit maman. Tu es un survivant, le ciel te donne une seconde chance, tu ne dois pas avoir peur." J'étais dans le bureau de la commission électorale à Kaboul et une bombe venait d'exploser dans le bâtiment. Une armoire m'était tombée dessus, j'avais le visage et les mains criblés d'éclats de pierre et de bois. Beaucoup de gens criaient. D'autres ne bougeaient plus. Et moi, j'avais appelé ma mère pour lui dire : "Je vais mourir, je te demande pardon pour toutes les mauvaises choses que j'ai pu faire." Heureusement que j'étais caché derrière le générateur qui étouffait mes paroles sinon, dès que les talibans entendaient quelqu'un parler, ils jetaient une bombe dans sa direction. Les phrases de ma mère m'ont donné du courage.

Maman est la femme la plus intelligente du monde. Pour moi bien sûr ! C'est la plus belle aussi. Elle comprend tout en un claquement de doigts. Elle devine nos pensées sans qu'on ait besoin de parler et elle a toujours raison. Le boss de la famille, c'est elle. Elle me manque beaucoup, beaucoup.

"Mange ! Mange !" Quand, aujourd'hui, j'entends ces mots, et comme je suis grand et très maigre ça arrive souvent, je pense immédiatement à elle. Je suis le deuxième de ses huit enfants et je pense que je suis son préféré même si elle ne me l'a pas dit !

En général, en Afghanistan, ce sont les filles qui participent à la cuisine mais ma grande sœur n'a jamais aidé ma mère. Moi oui, beaucoup. D'ailleurs, à force de la regarder, je sais très bien cuisiner.

En Afghanistan, mon village est à 25 kilomètres de Jalalabad, dans le district de Rodat. Je n'ai aucun souvenir de ma maison et je ne suis même pas sûr de l'endroit exact où je suis né. C'était en pleine guerre civile entre Ahmed Shah Massoud et Gulbuddin

Hekmatyar. Une période très dure. Mon père n'en parle pas beaucoup. Il avait été blessé plusieurs fois et à cette époque beaucoup de gens ont quitté le pays. Pour mon père, ce n'était pas la première fois.

Quelques années auparavant, lorsque les communistes étaient au pouvoir en Afghanistan, il avait été arrêté pendant ses études de médecine parce qu'il ne voulait pas entrer dans l'armée. Il s'est alors échappé au Pakistan et il y est devenu médecin généraliste. Plus tard, il est revenu en Afghanistan pour épouser ma maman. Mes parents s'aiment beaucoup.

Quand ils se sont réfugiés avec mes oncles, mes tantes et mes cousins au Pakistan, j'avais un an. On s'est installés à 30 kilomètres de Peshawar dans l'un des très nombreux camps de réfugiés du pays où mon père a trouvé un travail de médecin. Nous n'avions pas de difficultés financières et nous habitions dans une vraie maison.

C'est rigolo toutes ces questions que vous me posez. Pourquoi "rigolo" ? En Afghanistan on ne fait pas ça. On ne demande jamais aux gens où ils vont, quand ils partent et s'ils vont revenir. Moi, je suis différent. J'ai trop de questions dans la tête – surtout sur la religion –, il a toujours fallu qu'elles sortent.

Notre maison était un peu comme un hôpital. Tous les jours, une centaine de personnes y passaient. Pour moi, la vie était normale puisque je n'avais rien connu d'autre.
Le soir, ma mère nous racontait des histoires de notre pays. Elle n'avait pas fini le lycée mais elle aidait mon père qui lui a appris à connaître le corps humain et les médicaments. Elle était devenue comme une pharmacienne ou une sage-femme.

J'avais 15 ans quand d'énormes inondations ont touché le Pakistan. Notre camp a été sous six mètres d'eau ! C'était horrible. Ma mère, mes frères, mes sœurs et moi, nous sommes partis à temps à Peshawar pendant que mon père gardait notre maison avec un de mes frères. Nous pensions ne plus les revoir. Nous avons eu beaucoup de chance. Des milliers et des milliers de gens sont morts noyés.

Mon père a toujours été très généreux mais, après ces terribles inondations il n'avait plus d'argent. Les policiers nous harcelaient, débarquaient chez nous régulièrement pour arrêter un membre de la famille.

Ma sœur s'est alors mariée. J'étais très triste à l'idée qu'elle allait nous quitter, vivre ailleurs, dans une autre maison et que notre famille ne serait plus jamais la même. Je ne mangeais plus, je n'allais plus à l'école. Je n'avais plus d'énergie.

La situation se compliquait de plus en plus financièrement et nos problèmes grandissaient avec la police. Mes parents ont alors décidé de revenir en Afghanistan. Nous étions tellement contents à l'idée de rentrer ! On pensait à la musique, à la liberté, aux études… mais les mentalités et la situation avaient beaucoup changé. Notre maison avait été détruite. Il n'y avait plus d'éducation. Je n'avais pas d'amis.

Mon père travaillait à nouveau comme médecin mais dans la région du Nouristan et il ne revenait pas souvent. C'était très dur pour lui et pour nous. Ma sœur aînée habitait maintenant à Kaboul. Ma maman ne souriait plus beaucoup. Nos vies étaient devenues petites. La guerre était dans tous les esprits. Mais, au moins, on ne subissait plus la police.

Au Pakistan, j'avais appris l'ourdou et l'anglais. À la maison, nous parlions le pashto mais je ne savais pas l'écrire. J'ai commencé à travailler pour l'Otan comme traducteur.
Je n'avais pas de projets. Rien.

Je suis parti à Kaboul pour vivre chez ma sœur. Pendant quelque temps, j'ai continué d'être traducteur mais je n'aimais pas ce travail qui était très dangereux. J'ai perdu beaucoup d'amis dans les attentats des talibans. J'ai été souvent blessé, mais j'étais heureux chez ma sœur. J'aimais beaucoup jouer avec ses enfants.

Je ne savais plus quoi faire de ma vie. Mon beau-frère m'a alors proposé de travailler à la commission électorale d'Ashraf Ghani. J'étais perçu comme quelqu'un de moderne et de très ouvert. La parité électorale était respectée, 50 % des candidats étaient des filles, je pensais moins à la guerre. Et puis un jour…
Le 25 mars 2014, j'avais un pressentiment et je ne voulais pas aller travailler. Je suis pourtant arrivé à 10 heures du matin. Beaucoup de gens étaient absents et quelques policiers sont entrés dans la cour pour jouer au ballon. J'étais dans un bureau quand l'attaque a commencé.

Au milieu du vacarme une femme m'a aidé à me dégager de dessous l'armoire qui m'écrasait. Ma jambe était aplatie. L'assaut a duré cinq heures et trente minutes. J'ai appelé mon père à Jalalabad. Il m'entendait très mal. Je ne lui ai rien dit et il m'a demandé de le rappeler un peu plus tard. J'ai pensé que je n'aurais donc pas la chance de lui dire adieu. J'ai ensuite appelé ma maman qui m'a répondu : "Je suis là, je suis avec toi et je prie pour toi. Tu ne vas pas mourir." J'entendais les balles et les explosions. J'ai alors téléphoné au mari de ma sœur : "Le seul moyen de t'en sortir est de casser le plafond avec un lance-roquettes, d'aller sur le toit où les forces spéciales viendront vous chercher." Chaque fois que quelqu'un se hissait, les militaires le protégeaient en tirant partout. Les premiers tués ont été les policiers qui jouaient au ballon dans la cour.

Je me suis réveillé à l'hôpital avec des blessures partout. On m'a dit que mes amis allaient bien. Plus tard, j'ai appris qu'ils étaient tous morts. À partir de là, je n'ai plus été dans un état normal. On me faisait des piqûres pour me calmer. Maman pleurait. Je devenais fou, je voyais des terroristes partout. Parfois, je me bouchais les oreilles, j'avais l'impression que les balles sifflaient. Je voulais m'en aller. Mais maman me disait : "Attends. Un jour, tout ira mieux, tu partiras dans un pays étranger mais pour faire tes études."

J'ai encore vécu plusieurs autres attaques. Mon nez, mon bras, ma jambe, entre les côtes… rien n'était vraiment guéri. Finalement, ma maman a compris : "Yassir, je sais que tu fais des efforts mais ce n'est plus possible pour toi. Va, tente ta chance."

Si j'étais resté, il n'y aurait plus de Yassir aujourd'hui. Dans ma tête, je n'existais pas, j'allais disparaître.

Pakistan, Iran, Turquie, Bulgarie, Serbie, Croatie, Hongrie, Allemagne, Autriche, Italie… J'ai dormi dans les rues, les forêts, les montagnes avec un tee-shirt, un pantalon et un peu d'argent dans mes chaussettes. Comme je parlais bien anglais, je suis passé à travers les contrôles de police. Un jour ce sont les policiers qui venaient de faire descendre d'un train tous les migrants qui m'ont indiqué où acheter mes billets !

Je n'avais pas de but précis, je pensais à la Norvège que j'imaginais très calme puis aux Pays-Bas pour le cricket ou à l'Angleterre pour la langue. Finalement, je suis arrivé à Paris. Quand j'ai eu mes papiers comme réfugié politique, je me suis dit : "J'ai de la chance."

Aujourd'hui, je suis à l'université de la Sorbonne où j'étudie l'espagnol et l'anglais. Toute ma famille est à Kaboul. On communique régulièrement par WhatsApp, je vois mes frères et mes sœurs grandir. Après leur "Bonjour" d'usage, leurs mots sont toujours les mêmes : "Quand reviens-tu ?" Ma maman, elle, ne me le demande jamais. Elle me connaît trop, elle sait que je ne serai jamais heureux en Afghanistan.

Je rêve de revenir dans mon pays et, en même temps, je ne veux pas y revenir. Je sais que je serai un éternel étranger. Je n'aurai plus jamais de pays.

QUAND MON PÈRE NOUS A CHASSÉS DE LA MAISON, NOS MÈRES NOUS ONT DONNÉ UN PEU DE SOUS

Siaka et Ben *Guinée*

SIAKA Je pense beaucoup à mes amis, mes voisins, mon pays, les gens avec lesquels j'ai commencé mon enfance, mais c'est ma famille que je regrette le plus. Mon père a deux femmes, la maman de Ben et la mienne, qui s'entendent très bien. On est sept enfants en tout. Je pense souvent quand on mangeait ensemble. On était tous là, le papa, les mamans, les frères et sœurs…

BEN Moi aussi, comme mon frère, c'est maman et papa qui me manquent le plus. Plein de gens pensent que les Africains partent tous à cause de la pauvreté ou du danger mais, pour nous, ce n'est pas vraiment ça. On mangeait bien et nos parents faisaient tout ce qu'il fallait pour nous. Nous étions bons au football et nous voulions devenir de grands footballeurs. Il y a deux genres d'écoles en Afrique : celles des marabouts et celles, franco-arabes, comme la nôtre. On y apprenait, comme ici, l'histoire, la géographie, etc.
Papa est très religieux et, tout d'un coup, il a décidé de nous envoyer au Mali dans une école coranique où l'on porte la barbe et on tape les enfants. Avant, on s'entendait bien avec lui. Mais, à partir de là, plus du tout. En arrivant, quand on a découvert ce que c'était, on a voulu repartir. Les élèves devaient mendier dans la rue comme ces gens qu'on voit tendre une assiette avec des boubous bizarres ! Et si on revenait sans argent, on ne mangeait pas ! On a appelé nos mamans mais notre père a dit

qu'on y resterait deux ou trois ans pour découvrir la misère. On est quand même rentrés en Guinée et là, ça s'est très mal passé. Comme nos deux mamans étaient d'accord avec nous, notre père leur a dit que tout était de leur faute. Il a commencé à être moins gentil avec elles et à nous battre.

SIAKA C'est terrible pour un enfant quand il perd ses sentiments pour son papa…

BEN Quand il nous a chassés de la maison, nos mères nous ont donné un peu de sous sans savoir que nous allions quitter le pays. J'avais 14 ans et Sakia, 15.

SIAKA À Bamako au Mali, nous sommes restés plusieurs jours à la gare au milieu de beaucoup de monde. Quelqu'un nous a conseillé de partir en Libye. On pouvait, il disait, y gagner beaucoup d'argent et, ensuite, prendre un bateau et arriver trente minutes après en Italie.

On lui a fait croire que nous n'avions pas de sous. Il nous a alors conseillé d'aller au Niger où des passeurs nous emmèneraient gratuitement en Libye. On les rembourserait en travaillant.

BEN Même si on grandit vite en Afrique, ça se voyait qu'on était des enfants et les gens nous donnaient à manger.

SIAKA Pays après pays, je me disais que chez nous c'était mieux.

BEN Oh oui, moi aussi, mais j'avais décidé de suivre mon frère. Être tous les deux nous donnait de la force. Sur le chemin, on appelait nos mamans mais on ne leur disait pas tout. Nous avons beaucoup pleuré. Subir ou voir des choses humiliantes a été très dur. Sur la route, aux barrages, les policiers demandaient de l'argent. Si on n'en avait pas, on se faisait humilier ou pire. Mais on ne pouvait pas revenir, nous aurions eu honte d'avoir échoué.

SIAKA En Libye, nous avons eu beaucoup de chance parce que nous étions petits mais beaucoup de gens devant nous étaient très maltraités. Un monsieur, très gentil, nous a hébergés et on travaillait avec lui dans son épicerie. Mais, un matin, il s'est fait tirer dessus. On a alors décidé de payer notre place dans un bateau. Quand ils ont gonflé le zodiac, on a vu que l'un de ses côtés était percé et on a eu très peur. Mais les passeurs nous ont dit : "Si vous montez pas, on vous enterre ici." Ils savent que si quelqu'un fait demi-tour, il pourra raconter ce qu'il a vu.

Ben Quand nous sommes arrivés en Italie, nous avons appelé notre famille. Tout le monde pleurait et nous aussi. Beaucoup. On a eu vraiment de la chance. D'abord, on n'a mis que sept mois entre le départ et l'arrivée en Europe. Ensuite, nous avons pu payer grâce à l'argent des mamans. Sinon, il faut beaucoup, beaucoup, travailler. À cause du foot et de la langue, nous voulions aller en France. En Italie, un Français nous a fait passer la frontière en cachette dans sa voiture et nous a emmenés jusqu'à Dijon. Il pensait que la police y serait plus gentille qu'à Paris. Il nous a donné 10 euros pour nous acheter à manger et nous a laissés à côté d'une gendarmerie. Nous, on avait peur. Je venais d'avoir 15 ans et Sakia, 16.

Siaka Une policière nous a conduits dans un hôtel exprès pour les mineurs. Nous y sommes restés plusieurs mois et puis une association nous a emmenés à Marseille et on est allés au lycée professionnel. J'ai choisi la pâtisserie et Ben, le service dans les restaurants. On travaille maintenant tous les deux en alternance.

Ben J'aime beaucoup ce métier, parler, écouter les gens. On joue toujours au foot, à Bonneveine. On fait des championnats régionaux et ça marche ! C'est une bonne équipe, venez nous voir jouer.

Siaka On appelle une ou deux fois par mois notre famille…

Ben Les mamans nous demandent si on mange bien, où on dort, etc. Et elles nous disent : “Continuez comme ça et ne faites pas de bêtises.” Ce sont elles qui nous manquent le plus. Quand je leur dis qu'on achète des trucs tout faits, elles crient : “Nooon ! Mais pourquoi vous ne faites pas la cuisine ?”
On a essayé mais ce n'est jamais aussi bon. Elles, elles la font par amour et, nous, simplement pour manger.

Siaka Quand tout ira bien, je pense que je retournerai là-bas pour monter un projet et aider les jeunes à avoir un travail.

Ben Et je retournerai avec lui. On a un grand projet. Tout le long de notre route, on nous a toujours menti en nous faisant croire que les choses seraient faciles. On voudrait faire un film pour raconter la galère que c'est et qu'on aurait pu mourir dans l'eau. On veut montrer aux jeunes de chez nous qu'il faut rester au pays. Je suis sûr qu'on va trouver des gens pour nous aider à le faire. C'est pour ça que notre destin nous a suivis jusqu'ici.

J'AVAIS DE PLUS EN PLUS PEUR DE MOURIR, ALORS JE SUIS PARTI SANS DIRE AU REVOIR À MA MÈRE

Hamadi *Mali*

JE SUIS DE LA RÉGION DE KAYES, la plus grande ville du pays, et je viens de Maliga Sako, un village de 5 000 habitants.

Quand mon père est mort, j'avais 12 ans et ma petite sœur, 10. Il est parti d'une mort naturelle. Il avait seulement mal aux yeux. Les médecins auraient pu le guérir mais il fallait payer. Dans mon village, il y avait des riches, des moyens riches et beaucoup de très pauvres comme nous.

Après sa mort, nous sommes devenus encore plus pauvres. Nous n'étions plus que trois à la maison. Et même si le reste de la famille habitait dans le village, on était chacun chez soi. C'est rare, chez nous. Mes oncles et mes tantes ont aidé ma maman, surtout son frère. Je sais aujourd'hui qu'elle peut aller lui demander de l'aide.

Mon père cultivait la terre, le mil, le maïs, les haricots… Nous n'avions pas d'animaux sauf un âne et un cheval. Ma mère travaillait avec lui et, après, elle a continué pour nous faire manger. Avant la mort de mon père, j'avais déjà arrêté l'école à cause de l'argent. À la maison, on parlait un dialecte et pas le français. Je l'ai appris en arrivant ici. Je le lis bien maintenant grâce à l'aide des éducateurs qui m'expliquent quand il y a des choses que je ne comprends pas.

Ma sœur a 16 ans aujourd'hui et elle n'est jamais allée à l'école. Elle venait avec nous aux champs. Je m'entendais très bien avec elle.

Les filles se marient tôt chez nous et quelqu'un veut l'épouser. Je ne le connais pas mais je pense qu'il est plus âgé qu'elle. J'aimerais savoir si ça sera un bon mari, mais je ne pose pas de questions à maman, ça ne se fait pas. Par exemple, je ne peux pas lui demander son âge, ça serait un manque de respect. Elle doit avoir aujourd'hui entre 45 et 50 ans. Elle était plus jeune que mon père. Il était gentil avec elle et ils s'aimaient beaucoup. C'étaient les meilleurs parents ! Ils m'ont montré le bon exemple.
Mon père n'était pas polygame, alors que c'est légal dans mon pays.

Je suis parti quand j'avais presque 15 ans. J'avais toujours peur de mourir à cause de la pauvreté et de l'insécurité. Par exemple, des gens qui ont un peu de sous payent des bandits pour qu'ils viennent dans les maisons la nuit, quand tout le monde dort. Ils prennent l'argent et si on ne reste pas tranquille, ils tirent.
Le jour où je suis parti, je ne l'ai pas dit à ma mère car lorsque je lui en avais parlé elle n'était pas du tout d'accord : "Tu dois grandir d'abord !" Elle avait peur qu'il m'arrive quelque chose.

Elle me manque tellement, comme ma petite sœur.

Un soir où elle n'était pas là, j'ai pris mon extrait de naissance dans ses affaires et je suis parti sans lui dire au revoir. Mon oncle m'a aidé à payer une place dans un camion de marchandises pour l'Algérie. Trois jours très difficiles avec la faim et la soif !

Quand des gens dangereux nous arrêtaient sur la route, le chauffeur s'arrangeait avec eux. J'avais envie de faire demi-tour mais c'était impossible. Tout seul, je serais vite mort.
À Tamanrasset, on a travaillé sur un chantier pour pouvoir manger. Et puis, des gens nous ont dit que c'était mieux au Maroc. Pour passer la frontière, il fallait descendre dans des grands trous, marcher et remonter en arrivant de l'autre côté. J'étais petit. Des gens, plus vieux que moi, m'ont aidé à grimper.
À Oujda, sans travail, j'ai encore regretté d'être parti mais c'était encore trop tard pour faire marche arrière. Il fallait que je continue la route.

Je suis alors allé à Nador où j'ai pris un bateau pour l'Espagne. Au bout de seize heures c'est la marine espagnole qui nous a sauvés. Personne ne s'est noyé mais en arrivant, j'ai su que beaucoup de personnes avec qui je m'étais caché dans les forêts étaient mortes dans l'eau.

En Espagne, comme j'étais mineur, on m'a placé un mois dans un centre d'accueil, puis on m'a pris des billets de train pour venir à Paris et on m'a donné 100 euros.

J'ai dormi plusieurs jours devant la gare de Lyon. Je ne savais pas où aller. Un matin, je suis monté en cachette dans un train qui partait je ne sais pas où. Je suis arrivé à Narbonne et là, je suis allé comme on me l'avait dit dans un commissariat qui m'a trouvé un centre d'accueil. J'y suis resté quelques mois avant que le juge pour enfants me fasse transférer à Marseille dans un foyer où j'ai commencé à apprendre le français avant de commencer mes études. J'ai été étonné qu'on s'occupe aussi bien de moi. Je ne m'y attendais pas.

Aujourd'hui, je ne regrette pas d'être parti. J'ai été scolarisé, j'apprends un métier. J'ai beaucoup travaillé et mon papa, qui aurait tellement voulu que je continue l'école, serait fier de moi.

Quand je suis arrivé en France, j'ai appelé maman. Elle m'a d'abord grondé et m'a dit que je n'aurais pas dû faire les choses comme ça, que j'aurais dû la prévenir. Ensuite, elle m'a dit que je lui manquais. On se parle trois fois par mois. Elle s'inquiète toujours, même si je lui dis que je vais très bien. Les mamans sont les meilleures personnes. La mienne est tellement gentille ! Elle n'a pas d'ennemis. Tant qu'on est pauvre ce n'est pas dangereux dans mon pays.

Quand je vivais avec elle, je ne l'aidais pas beaucoup mais, maintenant, comme je la regardais faire la cuisine, je fais du *tiep*. La recette ? Il faut laisser cuire la viande longtemps avec du poivre, des poivrons, des aubergines… Moi, je rajoute aussi un cube Maggi, du sel, un peu d'ail et des herbes de Provence. Après, j'enlève la viande, je mets le riz à cuire dans la sauce et c'est presque de la cuisine malienne ! Mais jamais aussi bonne que celle de ma maman.

J'aimerais qu'elle soit à côté de moi. Ses paroles et sa manière de s'occuper de nous me manquent. Quand j'avais besoin de quelque chose c'était à elle que je demandais.

Ce qui me manque le plus, c'est son sourire. Quand je pleurais, c'est elle qui pouvait me consoler. Avec elle, je n'étais pas beaucoup malade.

Aujourd'hui, je lui envoie des photos. Elle dit que j'ai grandi, que je suis beau, que j'ai l'air en bonne santé. Du coup, elle regrette moins que je ne sois plus là. Elle me dit aussi de ne pas fumer et de ne pas oublier notre religion.

J'ai des amis de toutes les nationalités, une formation qui me plaît beaucoup et je me vois faire ma vie et me marier ici. Je ne sais pas ce que ma mère dirait si je trouve une femme française !

Ma sœur me dit que je lui manque et elle aussi me manque beaucoup. Je ne trouve pas ça normal qu'elle se marie à 16 ans mais je ne peux rien faire, c'est une autre culture, une autre mentalité. J'aimerais qu'elle puisse donner une instruction à ses enfants. Quand je travaillerai, je leur enverrai de l'argent.
Je viens d'avoir 18 ans. J'ai passé l'an dernier un CAP "plomberie/chauffagiste" et je prépare un bac pro en "systèmes énergétiques et climatiques". J'aimerais être un jour mon propre patron mais avant, je dois faire des stages en entreprise.

Ma sœur va aller chez son mari et ma maman va habiter toute seule. J'aimerais qu'elle rencontre quelqu'un de bien. Comme moi, qui suis toujours tombé sur des bonnes personnes.

J'AIMERAIS AU MOINS UNE FOIS REVOIR MA MÈRE

Youssef *Égypte*

"Tu reviens demain ?" Ce soir-là, et à plusieurs reprises, je lui ai répété : "Maman, je pars. Je quitte l'Égypte pour longtemps." Et chaque fois, elle me demandait : "Et tu reviens demain ?" Finalement, j'ai dit : "Oui, je reviens demain" et je suis allé voir mes voisines pour qu'elles veillent sur elle.

J'ai pleuré jusqu'à la frontière de la Libye.
J'ai toujours avec moi sa photo.

Je suis né à Al-Akahidor, à 20 kilomètres de Louxor, près de la frontière avec le Soudan.

Depuis que je suis petit, j'ai toujours été aux côtés de ma mère. Mon père est un homme dur. Je ne l'aime pas. Il était violent avec elle. Il la battait. Un soir, il est entré dans la maison et il voulait manger. Nous n'avions pas d'argent et il n'y avait qu'un peu de pain qu'elle m'a donné. Il l'a frappée, elle est tombée et elle a perdu connaissance pendant plus de trois heures. Ce sont les voisins qui l'ont sortie de la maison. Je pense que j'étais très jeune puisque je n'allais pas encore à l'école. Depuis, elle ne peut plus travailler dans la maison, elle est malade dans sa tête.

Avant, elle m'apprenait beaucoup de choses. Elle me disait qu'il fallait toujours aimer mes sœurs, qu'il ne fallait pas mentir.

Avant, elle était joyeuse et elle pensait toujours à nous. Si j'avais soif, elle courait pour aller me chercher à boire. Avant, elle aimait faire la cuisine. Elle nous faisait souvent de la *molokheya*, une soupe avec de la viande et une plante qui ressemble au persil.

Après cette horrible nuit, elle n'a plus jamais été la même. C'est moi qui lui faisais à manger, qui l'aidais à sa toilette, qui lui achetais le sandwich de foie d'agneau qu'elle adorait.

Je suis le dernier de ses sept enfants et son deuxième garçon. Je me suis longtemps aussi occupé de mon frère qui souffrait après un accident de voiture. Il va bien aujourd'hui, il est professeur d'arabe, marié et il a trois filles. Depuis que je suis tout petit, j'ai été obligé de travailler pour trouver de l'argent. Mon père n'en donnait pas. Il vivait avec une autre femme dans notre village. Quand j'étais au collège, j'allais à l'école le matin et je travaillais ensuite jusqu'à minuit. Je portais des sacs de ciment, parfois jusqu'au troisième étage.

Ma mère voulait toujours sortir de la maison et elle se perdait. Quand je m'en allais, je fermais la porte à clé. Un jour, j'ai oublié, elle est partie. Je l'ai cherchée pendant une semaine. Et puis, un monsieur est venu me dire qu'il l'avait retrouvée dans une ville à côté, Assiout. Je ne pouvais jamais être tranquille. Je dormais sur une oreille et j'ouvrais l'autre.

J'ai étudié l'arabe littéraire et, très vite, je suis devenu journaliste. Quand le dictateur Al-Sissi a fait un coup d'État, il a fermé le journal où je venais de rentrer et il a fait emprisonner toute l'équipe, musulmans, catholiques, sans religion, jeunes, vieux, apolitiques… Ils m'ont torturé dans l'eau très froide avec de l'électricité et je devais garder les yeux ouverts. Mon beau-frère était très gentil et comme il travaillait dans la prison, il m'a aidé à m'échapper. Après ma fuite, on l'a arrêté, torturé devant ses cinq filles et son garçon et il est mort. J'ai beaucoup de soucis et d'angoisse pour eux. Je me sens tellement responsable. À cause de moi, il n'est plus là pour les protéger et sa famille ne les aide pas. Heureusement, de temps en temps, ma sœur vend sur le marché des plantes pour les bêtes. Aujourd'hui, une de ses filles a 16 ans, elle est déjà mariée et elle a déjà un enfant. Les autres filles ont 12, 10, 8 et 6 ans et le garçon, 4 ans.

J'ai aimé une jeune fille mais quand j'ai quitté l'Égypte, je l'ai perdue. Nous venions du même village mais quand j'étais en prison, je lui ai envoyé une lettre pour lui dire que j'allais partir. Elle m'a demandé si j'allais revenir et je lui ai répondu : "Je ne sais pas. Fais le mieux pour toi." C'est la seule fille que j'ai aimée dans ma vie. Elle m'a aidé quand je vivais avec maman. Elle nous faisait parfois à manger ou bien elle nous donnait du lait de sa vache. Les vaches ne donnent du lait que quand elles ont des bébés et la nôtre était encore trop jeune. Maman aimait beaucoup cette fille. Maintenant, elle est mariée. C'est bien pour elle.

Maman, mes sœurs et moi, nous dormions dans la même chambre et mon frère dans le salon. Chez nous, on ne dort pas sur un lit mais par terre, sur un tapis. Aujourd'hui, ma mère vit avec ma sœur qui est veuve, mon frère et sa famille. Mes autres sœurs sont mariées. La femme de mon frère ne travaille pas et reste à la maison avec ses filles qui ne vont pas beaucoup à l'école. C'est trop cher et, en plus, il faut acheter des livres. Maman vit dans une petite chambre avec un toit en palmier. Heureusement, il pleut rarement car sinon l'eau coule dans la maison. Elle veut toujours sortir. Parfois, elle se dispute avec les voisins. Elle déteste tout le monde, sauf moi.

J'ai quitté l'Égypte avec un ami, Mohamed. J'ai travaillé en Syrie pour réunir les 2 000 euros que me demandait le passeur pour traverser la mer. J'envoyais de temps en temps de l'argent à ma sœur. Un jour, une bombe est tombée sur l'immeuble où j'habitais et cinquante personnes, réfugiées comme moi, sont mortes.

Ensuite, on m'a mis en prison pendant six mois. Mohamed était dans la même cellule que moi. On le torturait à côté de moi. Je lui disais que je ne le quitterais jamais. Nous sommes montés dans le même bateau, nous avons vu beaucoup de femmes et d'enfants se noyer.

En arrivant en Italie, la police a dispersé brutalement tout le monde et on s'est perdus avec Mohamed. Il est maintenant à Paris, je l'ai retrouvé grâce à Facebook.

À Vintimille, je suis monté et descendu plusieurs fois du train à cause des contrôleurs. Ensuite, les Alpes, la montagne, le froid, la neige… mais grâce à des Françaises, je suis arrivé à Nice. Puis à Marseille, le 16 décembre 2018. J'ai dormi dans la rue pendant trois mois, après je suis resté dans un foyer pendant six mois et après encore j'ai rencontré dans une association une dame, Martine, qui m'a aidé à me faire soigner et à trouver de temps en temps du travail dans des jardins et une chambre avec des colocataires.

J'espère avoir un jour mon autorisation de séjour. J'ai appris le français ici. J'aimerais beaucoup être traducteur français-arabe pour ceux qui arrivent. Je sais que c'est très dur de ne pas se faire comprendre quand on est malade ou quand on a faim.

Je ne peux pas rentrer en Égypte car le jugement m'a donné vingt ans de prison. Il faudrait que le régime change. 70 000 prisonniers politiques sont toujours enfermés aujourd'hui.

J'appelle mon frère par WhatsApp. Il me donne des nouvelles de mes sœurs et des filles de ma grande sœur qui a perdu son mari à cause de moi. Je parle de temps en temps à maman. Elle me répète toujours : "Reviens, je suis malade, j'ai besoin de toi. La police ne viendra pas te chercher, je vais te cacher. Je vais mourir sans toi." Elle veut que je lui apporte une robe noire, un foulard noir et des chaussures noires. Pour sortir et partir.

J'aimerais au moins aller la revoir une fois.

QUAND MON PÈRE N'A PLUS VOULU QUE MA MÈRE RESTE À LA MAISON, J'AVAIS 8 ANS. JE NE L'AI JAMAIS REVUE

Abdoul *Bénin*

Je me souviens de ma mère. Elle était joyeuse, douce et gentille avec tous les enfants. Elle essayait de cacher ce qu'elle vivait avec mon père et sa deuxième femme, mais je sentais ce qu'elle ne disait pas.

On faisait beaucoup de choses ensemble. Je l'aidais, j'allais lui chercher de l'eau dans le grand tonneau de la cour pendant qu'elle cuisinait au-dessus du feu. Elle avait un petit pilon pour moi et je pilais avec elle. Elle avait beaucoup de force. Je rinçais la vaisselle pendant qu'elle la lavait dans une autre bassine. Elle prenait du temps avec moi et si elle était pressée, elle me disait gentiment d'aller jouer avec mes amis. J'étais toujours content avec elle, je ne voulais jamais qu'elle se fâche.

J'étais le plus petit et le plus proche de ma mère. J'ai huit ans de moins que mon frère aîné, six et quatre ans de moins que mes sœurs. Nous nous entendions bien tous les quatre. Avant de dormir, on avait l'habitude de parler, de s'amuser. Ce sont de bons souvenirs.

Mon père avait deux femmes. Quand j'étais petit, on vivait tous ensemble : mon père, nos deux mères, mon frère, mes sœurs, et les enfants de la deuxième femme. Il y avait des jours où ma mère pleurait. Elle ne voulait rien me dire pour ne pas me faire de peine. Elle voulait que ses enfants aillent bien.

Un jour, mon père n'a plus voulu qu'elle reste à la maison. Il l'aimait moins que son autre femme. Elle voulait nous emmener, mais mon père a décidé que les enfants étaient à lui. Il nous a enfermés dans une pièce, elle ne pouvait plus rien faire et elle a dû partir, seule. Mon frère a appris des années plus tard qu'elle avait fui au Ghana. Elle ne pouvait pas aller chez ses parents car elle avait été chassée par son mari.

Je ne l'ai jamais revue. J'avais 8 ans.

Djougou, la ville d'où je viens, est au nord-ouest du Bénin. La vie était difficile dans le pays et dans notre famille aussi. Mon père ne travaillait pas.

Quand ma mère est partie, ça ne s'est pas bien passé avec la deuxième femme de mon père. Ses enfants étaient plus petits, et mes sœurs et moi étions ses esclaves. Nous allions chercher du bois, de l'eau, nous faisions le ménage. Elle ne nous donnait à manger que si nous travaillions dur pour elle. Si on ne lui obéissait pas, elle nous frappait. Elle était différente avec mon grand frère. Comme il avait décidé d'être conducteur de camion, il partait souvent avec des chauffeurs pour apprendre son métier. Parfois plusieurs mois. Il a réussi comme ça à échapper à ce que nous vivions. Ça me faisait rêver de savoir qu'un jour mon frère conduirait des camions. Moi aussi, je voulais devenir chauffeur. Personne n'est allé à l'école chez nous.

La femme de mon père me menaçait, elle me faisait peur, elle me disait que si je disais à mon père ce qu'elle nous faisait, le lendemain serait pire pour moi. J'étais content quand il rentrait. Il ne m'a jamais frappé. Il vivait tranquillement en pensant que tout se passait bien. Il arrivait en moto devant la maison et, pour nous faire plaisir, il nous faisait faire un petit tour. Ensuite, il entrait et écoutait la radio. J'aimais quand il était là, je me sentais protégé. "Laisse les enfants tranquilles", il disait à ma belle-mère qui était obligée de travailler.

À la maison, c'est devenu de plus en plus dur. J'ai commencé à ne pas revenir plusieurs jours de suite. Un soir, j'ai décidé de ne pas rentrer du tout.

Personne ne m'a demandé de partir, c'est moi seul qui l'ai décidé. Mes sœurs voulaient que je reste, mais je ne voulais pas. Elles aussi, elles auraient aimé fuir mais, comme c'étaient des filles, elles savaient que c'était trop dangereux pour elles. J'avais 12 ans.

Je dormais à la gare de la ville où il y avait des dizaines de camions garés. Des gros avec des remorques et d'autres, plus petits, qui faisaient des voyages plus courts. Au début, mon idée était d'aller au Niger car on m'avait raconté que près de la frontière il y avait des gens qui apprenaient à être chauffeur. En plus, là-bas, on parle une langue qui ressemble à la mienne, le dendi. Alors qu'au Bénin, il y a beaucoup de langues différentes. Un chauffeur a été d'accord pour m'emmener jusqu'à la ville où je voulais aller, Malanville.

J'y suis resté longtemps jusqu'au jour où sont arrivés des hommes qui venaient de la même ville que moi. Ils allaient en Algérie et m'ont proposé de partir avec eux. Pendant la traversée du désert, il fallait se couvrir le visage pour se protéger des vents de sable. C'était très dur. Ils m'ont déposé dans un grand campement à Tamanrasset. Tous les jours, nous étions des centaines au bord de la route à attendre qu'on vienne nous chercher pour travailler. Mais il y avait aussi un endroit pour jouer au foot.

Quand on avait de l'argent, il fallait bien le cacher car si quelqu'un avait faim, il fouillait dans nos affaires pour le prendre et on ne pouvait rien dire.

Certains disaient que les policiers algériens attrapaient les Noirs pour les ramener au Niger mais qu'ils les abandonnaient au milieu du désert. J'avais très peur. Mais je me disais : "Tu ne peux pas retourner en arrière." C'était tellement dur pour arriver en Algérie, le désert, le sable, se cacher tout le temps…

Un jour, j'ai rencontré un enfant de mon âge qui, avec sa famille, mendiait au bord de la route. Ils demandaient des *sadakas* (aumônes). Je ne l'ai jamais fait, même quand j'avais très faim.

Ils parlaient une langue que je comprenais et ils allaient en Libye. Je n'avais jamais entendu parler de ce pays.

Je ne connaissais que ceux qui étaient proches du Bénin ou ceux qui ont une bonne équipe de foot. Je voulais juste aller là où les policiers ne courent pas après les gens. Je suis parti avec eux.

En Libye, on nous a enfermés dans une grande maison. Nous n'avions rien à boire, rien à manger. On pensait qu'on allait venir nous chercher pour nous emmener plus loin. Non. On nous avait vendus.

Si nous voulions sortir, il fallait payer. Je n'avais pas d'argent et personne ne pouvait m'en envoyer. Parfois, les Libyens venaient chercher des femmes. Elles revenaient en pleurs. C'est là-bas que j'ai appris le mot "violer".

Une nuit, après plusieurs mois d'enfermement, nous avons réussi à nous échapper. Un homme nous a emmenés dans un autre camp à Tripoli où des centaines de gens attendaient un bateau pour partir en Italie. J'ai beaucoup travaillé dans ce camp.
On attendait.

Un jour, un Arabe est venu et il a dit mon nom au milieu de la liste des personnes qui pouvaient partir. La famille avec laquelle je vivais depuis des mois n'a pas été appelée. Si je refusais de partir, on m'aurait tué.

Je ne me sentais pas bien dans mon cœur, j'avais l'impression de quitter ma deuxième famille. Je ne les ai plus jamais revus.

Nous ne savions pas où nous allions.

La mer en face, tout autour de moi. La peur avec les vagues qui frappaient le bateau. Chacun priait son dieu. On a commencé à couler.

Un navire de la Croix-Rouge est arrivé avec des couvertures.
Il nous a emmenés jusqu'en Sardaigne dans un camp où il n'y avait que des garçons mineurs seuls. Les autres étaient avec leurs parents dans un autre camp.
J'y suis resté trois mois.

Mon idée était d'aller en France. À cause du foot, chez moi, on parlait de la France depuis que je suis tout petit.

Un homme m'a emmené, caché derrière son siège, dans son camion jusqu'à Lyon où je suis allé dans une maison pour les mineurs. Et après, à Chambéry où je vis maintenant dans une famille d'accueil. Je vais au lycée, j'apprends le métier de cariste, mais je rêve de passer mon permis et de devenir un jour chauffeur de camion.

Un jour, j'ai réussi à joindre mon frère au téléphone. Il m'a dit que personne ne savait où j'étais, que tout le monde s'inquiétait pour moi et qu'ils voulaient faire mes funérailles car ils pensaient que j'étais mort.

Il a pu donner de mes nouvelles à mon père et à ma mère. Depuis un an, maman est à nouveau à la maison. Quand mon frère s'est marié, il a demandé qu'elle revienne et les frères de mon père l'ont convaincu d'accepter. Aujourd'hui, je parle souvent au téléphone avec ma famille. Tout le monde me salue : mon père, Saliou, mes sœurs, Riana et Latifa, mon frère, Abdul Baï, et ma mère, Fëinisatou. Les choses se sont arrangées pour elle. Elle me dit qu'elle aimerait me voir. Moi aussi, j'aimerais tellement la voir. Elle me manque.

JE VAIS APPRENDRE LA CUISINE ET EN FAIRE MON MÉTIER. MA GRAND-MÈRE SERA FIÈRE DE MOI

Kadi *Guinée*

LE 28 SEPTEMBRE 2009, MON PAPA, qui aimait la politique, participait à une manifestation dans un stade de Conakry. Des policiers sont arrivés. Ils ont violé des femmes et assassiné beaucoup de monde, dont mon père. Ma mère était alors enceinte de ma petite sœur.

Un de mes oncles, le petit frère de mon père, aurait dû se marier avec ma mère et garder les enfants. C'est la coutume. Mais il n'a pas accepté, sa femme n'a pas voulu. Du coup, la famille de maman l'a donnée en mariage à un autre monsieur de Guinée qui est parti au Sénégal. Il avait prévenu qu'il ne prendrait pas les enfants. Pour lui, c'était le rôle de la famille de mon père. Ma mère était très timide, elle n'a pas protesté. Elle est partie sans ma petite sœur qui venait de naître et moi. On ne l'a jamais revue. J'ai des demi-frères et sœurs là-bas que je ne connais pas.

Je n'ai pas eu l'amour de ma mère, ni celui de la famille de mon père. C'est ce qui fait que maintenant je suis un peu égoïste, mais je ne suis pas sûre du mot.

Ma grand-mère me manque beaucoup. C'est elle qui m'a élevée. Je l'aime de tout mon cœur. Comme ma petite sœur. Quand ma mère nous a laissées, elle est venue nous chercher et nous a

ramenées chez elle, une petite ville touristique à 300 kilomètres de Conakry. Mon grand-père, que je n'ai jamais connu, avait trois femmes. Chaque femme avait son espace et même si la cour était partagée en trois, ma grand-mère ne vivait pas seule. Dans la maison, il y avait beaucoup de monde car chaque femme avait des enfants et des petits-enfants. Ma grand-mère travaillait et faisait la cuisine dans son propre restaurant.

Dans ma famille, il n'y a pas de femmes voilées. Ma grand-mère attachait juste un foulard sur ses cheveux. Elle était respectée par les gens car elle était âgée, veuve depuis longtemps et qu'elle travaillait pour nous nourrir. J'étais très heureuse avec elle. Elle était affectueuse et elle avait de la peine pour nous que sa fille soit partie – mais c'était la faute de la famille de mon père. Ma maman avait des contacts avec elle, mais je ne sais pas si elle lui demandait de nos nouvelles.

J'étais assez grande quand mon oncle paternel m'a invitée à Conakry pour rencontrer la famille de mon père que je n'avais pas vue depuis 2009. Pendant mon séjour, un monsieur est venu le saluer et mon oncle m'a demandé de lui apporter à manger. Plus tard, il m'a appelée au salon et m'a dit : “Cet homme est mon cousin et il veut de toi en mariage.” Mon oncle aime bien les gens comme lui, un commerçant qui voyage beaucoup à Dubaï et en Chine, fortuné, avec une maison très confortable. Mais pour moi, c'était un monsieur vieux avec un gros ventre ! Il avait déjà trois femmes et des enfants de mon âge ! Comme je n'étais pas d'accord, mon oncle m'a giflée : “Tu n'aurais pas osé dire ça à ton père !” Après, je n'ai plus mangé et j'ai attrapé une forte fièvre. J'ai appelé ma grand-mère devant lui pour lui dire qu'elle demande à mon oncle de me ramener car son médecin saurait me soigner.

J'avais 15 ans et j'allais à l'école. Je rêvais d'être avocate et je voulais me marier avec quelqu'un qui me plairait. Mais ce n'est pas la coutume. Ma grand-mère a trouvé que c'était très mal d'arranger des choses pour moi sans nous en parler avant. Elle avait beaucoup d'amour pour ma sœur et moi et elle voulait qu'on choisisse ce que l'on avait envie de faire. Mais chez nous, la famille du père a plus de pouvoir que la famille de la maman.

Trois semaines après, le monsieur est venu à Dalaba avec des cadeaux. J'étais à l'école. En rentrant, je ne les ai pas ouverts et j'ai demandé à ma grand-mère de les lui rendre s'il revenait. Je ne voulais pas de lui, ni demain, ni après-demain, jamais…
Il est revenu trois jours après. Il m'a saluée et je suis partie me cacher derrière la maison. Ma grand-mère lui a rendu ses cadeaux en lui expliquant que je ne me marierais pas avec lui. Il est parti.

Le lendemain, mon oncle, furieux, a appelé ma grand-mère pour lui dire qu'elle ne jouait pas son rôle comme c'est la coutume. Elle lui a répondu qu'elle ne m'obligerait pas.

Quelques jours après, une de mes cousines de Conakry nous a appelées pour nous raconter qu'elle, on l'avait mariée de force et qu'elle avait entendu que le mariage se ferait sans moi. C'est ce qui arrive quand la jeune fille ne veut pas et que sa famille a peur qu'elle se suicide ou fugue. Ils commencent par le mariage traditionnel : le cola. On enroule dans un tissu blanc deux graines de cola, une rouge et une blanche, qui représentent les deux fiancés. On fait des prières et après, terminé, on est mariés. Ensuite, par surprise, ils mettent des habits blancs à la fille et c'est fini.

En principe, on ne peut pas le faire si la jeune fille n'est pas d'accord, mais on est mariés quand même !
Mon oncle est revenu à Dalaba. Il a reproché à ma grand-mère de ne pas jouer son rôle. Il est allé parler à l'imam de la grande mosquée. Des vieux de la famille se sont déplacés pour lui dire qu'elle ne respectait pas les coutumes. J'ai compris alors qu'elle ne pourrait rien faire pour moi et j'ai décidé de partir. L'histoire d'une amie de ma classe m'en a donné le courage. Mariée à 15 ans avec un monsieur de 45 ou 50 ans, elle est morte pendant son premier accouchement avec son bébé trop grand dans son ventre.

J'ai dit à ma grand-mère que j'allais chez une copine. J'ai rempli mon sac d'école avec deux tenues complètes, j'ai pris de l'argent dans ses économies et je suis partie à la gare. Ma petite sœur avait 7 ans.

À Conakry, j'ai appelé ma cousine pour qu'elle m'aide à sortir du pays. Comme elle connaissait beaucoup de monde, elle m'a eu des papiers et un laissez-passer avec un faux âge puisque j'avais

moins de 18 ans. Elle m'a ensuite acheté un billet de train pour le Mali. Je n'avais pas de téléphone. Ma grand-mère m'a cherchée partout. Comme mon oncle l'en avait menacée, elle avait peur qu'il la mette en prison. Ma cousine a gardé le secret jusqu'à ce que je quitte le pays.

Quand je suis sortie de la gare au Mali, je ne connaissais personne, je ne savais pas où aller. J'ai entendu des jeunes parler de l'Europe et je suis partie avec eux en bus pour la Mauritanie. La nuit, dans le désert, je dormais quand j'ai entendu des coups de feu. Des djihadistes ou des coupeurs de routes nous ont arrêtés et nous ont

fait tous descendre. L'enfer a commencé. Ils ont volé tout ce qu'on avait, torturé tous les jeunes, violé toutes les femmes…
Oui… moi aussi… je me sens très mal quand je pense à tout ça…
Heureusement que les autres femmes m'ont soutenue jusqu'à ce qu'on arrive en Mauritanie. Je pensais mourir sur le chemin. Nous avons marché, marché. Mes jambes gonflaient. C'était vraiment horrible. Nous sommes arrivés dans un village de Peuls qui nous ont aidés, donné à manger et laissés dormir. Et puis, l'Algérie, le Maroc… c'est trop difficile de raconter tout ça.
Ce qui m'est arrivé dans le désert… le viol… J'en ai parlé pour la première fois avec ma marraine à Marseille et ensuite avec une psychologue qui s'occupe de moi.

Au Maroc, j'ai été hospitalisée deux fois. Je travaillais dans les champs avec d'autres jeunes pour manger mais aussi pour aller en Europe. J'ai essayé trois fois de passer en Espagne. La troisième, on a eu un accident dans l'eau. Une femme et son enfant se sont noyés. Ça me revient dans la tête chaque fois que je m'endors. J'entends toujours l'enfant pleurer. Je ne savais pas

nager. Un jeune Sénégalais m'a sauvée. Il pêchait dans son pays et, lui, il savait nager. Il est en Allemagne maintenant et on a gardé le contact.
L'accident a eu lieu en pleine mer. Les garde-côtes espagnols nous ont secourus et ramenés. La police nous a placés dans un centre de rétention. J'y suis restée tellement longtemps que je n'arrive plus à me souvenir.

Quand ils m'ont libérée, je n'avais rien. J'ai travaillé encore dans les champs pour partir. Quand j'ai eu assez d'argent, j'ai pris un bus avec d'autres garçons et filles et là, j'ai eu de la chance : nous avons passé la frontière avec la France sans nous faire arrêter.

Je suis arrivée à Paris où je ne connaissais personne. À la gare, des jeunes racontaient qu'ils avaient de la famille à Marseille. Je me suis rappelé des parties de foot sur ma PlayStation dans le salon de ma grand-mère où j'étais toujours dans l'équipe de Marseille. C'est comme ça que je suis arrivée à la gare Saint-Charles en 2019.

J'y ai dormi plusieurs jours, puis on m'a fait rencontrer Romain, d'une association, qui m'a aidée. Je venais juste d'avoir 18 ans, je n'étais plus mineure, j'avais laissé mes empreintes en Espagne, j'étais donc "dublinée". Ma demande d'asile a échoué et je devais retourner là-bas. Plutôt mourir ! J'y ai subi trop de choses. Dans l'association, une dame qui est devenue ma marraine m'a aidée à faire un dossier et m'a trouvé un avocat. Je suis tranquille maintenant.

J'ai appris le français à l'école et j'ai suivi, ici, une remise à niveau. Je n'avais pas étudié depuis 2016. Ma grand-mère le parlait un peu. Son papa était un ancien combattant pour la

France. Elle m'a expliqué qu'après la colonisation française, le premier président de la Guinée a imposé que l'on apprenne d'abord sa langue maternelle.

Ses clients appelaient son restaurant d'un nom français, "Le Petit Paris de la Guinée", parce qu'elle faisait de la cuisine africaine et un peu européenne. Quand je sortais de l'école, j'y allais pour manger, me reposer et m'occuper de ma petite sœur.

Si elle dormait et qu'il y avait beaucoup de monde, j'aidais au restaurant. Je prenais les commandes et ensuite j'allais cuisiner. Les gens m'encourageaient et me disaient que c'était très bon. Depuis, j'ai la passion et l'amour de la cuisine. Pour moi, c'est ma

grande mère. J'aime aussi beaucoup danser et chanter. J'aime la rumba, le ballet africain. Pendant les vacances, j'allais dans un centre pour apprendre à danser mais j'ai dû arrêter pour aider ma grand-mère et bien travailler à l'école. C'est ma petite sœur qui y est maintenant.
Quand j'étais petite, j'avais un "amoureux". Comme moi, il avait perdu sa maman. Son père s'était remarié mais sa femme ne prenait pas soin de lui alors sa grand-mère l'avait récupéré. Nous étions des enfants, mais on se disait qu'on ferait des études et que l'on se marierait plus tard.

J'ai gardé contact sur Facebook avec une copine avec qui je m'entendais très bien. Grâce à elle, je viens de le retrouver. On se parle en français. Depuis toutes ces années, il était inquiet pour moi. Il n'est pas marié et il essaie de chauffer la tête de son père pour qu'il l'envoie étudier ici. Je me marierai avec lui ou sinon, avec personne.

Grace à mon amie, je peux aussi communiquer par Messenger avec ma grand-mère. Je ne peux pas l'appeler sur son propre téléphone pour ne pas la mettre en danger. Mon oncle a beaucoup de moyens et il pourrait l'accuser. Elle me donne des nouvelles de ma petite sœur que je ne laisserai jamais tomber.

Malgré tout ce que j'ai connu dans mon long voyage, je n'ai jamais regretté d'être partie. Jamais. Je sais trop ce qui m'attendait là-bas.

Aujourd'hui, je vais entrer dans un lycée hôtelier, je vais apprendre la cuisine et en faire mon métier. Ma grand-mère sera fière de moi.

J'AVAIS PEUR DE NE PAS ARRIVER À BIEN GRANDIR

Ellis *Ghana*

LONGTEMPS, J'AI VÉCU DANS LA FAMILLE DE MON PÈRE. On était des catholiques. Parfois, un enfant de l'école ou un adulte me disait : "Tu vois, cette femme là-bas, c'est ta mère." Je ne comprenais pas. Ma mère, c'était ma grand-mère ! Je l'appelais "maman". Elle était très gentille et elle m'a même donné son sein quand je pleurais bébé ! Je l'aime beaucoup. Mais, celle que j'aime le plus, c'est ma mère. Je n'ai pourtant vécu que trois ans avec elle. Mais ce n'est pas de sa faute.

J'avais 15 ans quand je suis parti du Ghana où je suis né. Je rentrerai un jour dans mon pays.

Ma mère est handicapée des jambes. Elle marche avec des béquilles. Peut-être pas depuis toujours mais quand je suis né, elle était comme ça. Je ne sais pas grand-chose de l'histoire de mes parents. Seulement que mon père a toujours travaillé dans un autre pays. Ils s'aimaient, je crois, mais ils n'ont jamais été mariés.

Quand ma maman est tombée enceinte de moi, sa mère, qui avait un peu d'argent, a demandé à la mère de mon père : "Comment ton fils va les faire vivre ? Il n'a pas de travail !"

Les problèmes et les paroles ont alors commencé entre les deux familles. Et blablabla, et blablabla.

Mon père était parti en Côte d'Ivoire pour peindre des bateaux dans des chantiers. Je pense qu'il n'envoyait pas d'argent. Quand je suis né, ma grand-mère maternelle m'a donné à la mère de mon père : "Tiens, prends-le… Je ne le veux pas ! Et laisse ma fille tranquille."

Vers l'âge de 9 ou 10 ans, j'ai arrêté l'école car on ne pouvait plus la payer et comme il n'y avait pas assez d'argent pour manger, j'ai commencé à travailler. Je portais sur ma tête des poissons, des légumes ou de l'eau pour les vendre au marché.

Parfois, une femme que je ne connaissais pas me tendait quelque chose à manger : "Prends, prends…" Je ne voulais pas. C'est qui ? Pourquoi elle me donne ça ? J'avais peur. Mon père ? Je ne l'avais jamais vu. Je grandissais. Personne ne me disait : "Tu vois, la vie c'est comme ça ou comme ça. On doit faire ça et pas ça." Je grandissais seul, tout seul. Personne pour me guider.

Un jour, un garçon que je voyais quand j'étais encore à l'école – en fait, le fils de ma tante – m'a proposé de venir manger chez lui. J'ai commencé à y aller régulièrement sans savoir chez qui j'étais. Quand ma grand-mère l'a appris, elle m'a frappé : "Tu ne dois rien prendre d'eux, rien faire chez ces gens." Doucement, j'ai commencé à comprendre.

À 12 ans, la mère de ma mère est venue parler avec ma grand-mère. "On voudrait le reprendre, lui acheter des vêtements et le remettre à l'école." Je ne voulais pas. Je pleurais quand elles se sont mises d'accord mais nous sommes partis. En arrivant chez elle, ma grand-mère a vidé mon sac et a jeté tout de ce qui venait de mon autre grand-mère. Mon père est alors revenu de Côte d'Ivoire. Je n'ai pas vraiment de souvenirs avec lui. Je me rappelle seulement d'une fois où il m'a expliqué : "Tu sais Ellis, j'ai essayé de faire des choses mais là, je suis comme mort, je n'y arrive plus. Mais, au moins, j'ai pu faire des enfants. Tu es là." Je pense qu'il voulait me faire comprendre que s'il ne pouvait plus agir, j'étais sa relève.

Comme ma mère et lui n'étaient pas mariés, il ne dormait pas à la maison. Quand il est reparti, ma mère était enceinte. Gros, gros problème ! Tout le monde criait. Je restais les yeux ouverts toutes les nuits.

Pour aller travailler, ma grand-mère paternelle était obligée de passer devant chez nous. J'entendais : "Ton fils par-ci… ton fils par-là…" Et encore plus de blablabla, blablabla. Ma mère pleurait. Ils lui disaient : "Ça fait deux fois qu'il fait ça avec toi et il s'en va encore !" Elle voulait manger du poison pour mourir. Quand ma sœur est née, sont tombés encore plus de paroles et de cris. Maman pleurait toujours.

À l'école, j'entendais les enfants raconter : "Ma mère m'a dit ça ou mon père m'a dit ça. Il ou elle m'a acheté ça. On a vu ça à la télévision et avec mes parents, on a bien bien rigolé !"

Moi, je n'avais jamais rien à raconter. Je ne parlais avec personne. J'avais peur de ne pas arriver à bien grandir. Je n'aimais pas quand ma mère pleurait : "Je ne peux pas travailler. On n'a pas d'argent. Mon frère, ma sœur, ma mère nous nourrissent. Ne leur demande rien, sois sage…" Ma tante était gentille quand j'étais gentil, mais je n'étais pas traité comme mon cousin. Il allait à l'école avec des beaux habits. Il jouait au foot. Moi, je faisais le ménage. Pendant les repas, même si on mangeait la même chose, ils étaient devant et moi derrière. Je n'étais pas heureux.

Mon petit frère est né après que mon père est revenu une troisième fois. Je ne connais pas l'histoire de mon père et je ne sais pas pourquoi il a agi comme ça. Je voudrais savoir car je ne veux pas être comme lui.

Quand je posais la question à ma mère, elle me disait toujours la même chose : "Pars, apprends un métier, travaille, gagne de l'argent." Je pensais un jour revenir et demander à mon père : "Pourquoi ? Pourquoi ?"

Il est mort il y a un mois. Ma mère me l'a annoncé au téléphone. Je ne saurai jamais rien.

J'ai décidé de partir le jour où j'ai réalisé que j'étais l'aîné, que bientôt je serai responsable de ma famille mais que je n'aurai jamais assez d'argent pour la nourrir et payer l'école de ma sœur et de mon frère. J'ai alors commencé à travailler dans un entrepôt de marchandises. Je chargeais les camions avec des cartons remplis d'eau et je les livrais. Je travaillais sérieusement, je n'ai jamais rien volé et jamais rien abîmé. Je connaissais tous les clients. Mon patron m'aimait bien et j'avais sa confiance.

Après avoir payé beaucoup de choses, je faisais des économies que je donnais à ma mère pour qu'elle les garde. Je gagnais 50 cedis par jour. Avec les pourboires des clients ça pouvait monter jusqu'à 60 cedis (7 à 8 euros). Au bout d'un an et demi, quand je les lui ai demandés, elle a compris : "Tu pars ?" Je n'ai pas répondu et je ne l'ai pas regardée tellement j'étais triste.

Je n'ai prévenu personne sauf mon patron qui m'a dit : "Tu as raison." Je n'avais aucun pays en tête. Je voulais seulement bouger, avancer loin. C'est tout. J'étais seul au début. Petit à petit, des gars me donnaient des infos. Ghana, Burkina Faso, Niger… Je n'avais ni papiers ni passeport, et c'était très difficile avec la police de chaque pays. Un jour, quand j'ai entendu : “En Libye, il y a du travail”, je me suis dit : “OK, j'y vais. Avec du boulot, ma famille va pouvoir manger.”

On m'avait volé beaucoup d'argent, mais j'ai réussi à payer un passeur. Il m'a donné un bidon d'eau et je suis monté avec d'autres garçons dans un camion à plateau. Le voyage a duré trois jours. Il fallait se tenir. Plusieurs sont tombés, d'autres ont sauté. Si on s'arrêtait, le chauffeur n'attendait personne. Il faisait très froid. J'avais envie de revenir chez moi mais je ne pouvais plus retourner en arrière. En arrivant en Libye, le passeur m'a dit : “Il faut que tu payes encore, sinon tu restes là.”

“Appelle ta famille.” Et il m'a enfermé ! C'est mon ancien patron qui lui a envoyé de l'argent. Depuis, j'ai su qu'il a été assassiné. Mais le méchant, pourtant un Ghanéen comme moi, a trouvé

que je ne l'avais pas assez remboursé et il m'a vendu. J'ai pu m'enfuir et, dans la rue, je suis devenu ami avec un *rasta man* qui m'a proposé de dormir comme lui dans un bâtiment d'un chantier et d'y travailler.

On entendait tout le temps des coups de feu. Il fallait cacher l'argent que l'on gagnait. Moi, c'était dans une fente d'un mur que je bouchais avec du plâtre. J'avais 15 ans et demi. Je travaillais tout le temps, tout le temps, tout le temps. Et parfois, on ne me payait pas. Il fallait 1 000 dinars pour monter sur un petit bateau. Quand je les ai eus, j'ai embarqué. Pour l'Europe, on m'a dit. Je ne savais pas où c'était. Je connaissais seulement la France par le foot et la tour Eiffel.

Comme il n'y avait pas de capitaine à bord, j'ai aidé à conduire mais on a eu un accident et beaucoup se sont noyés. Un grand bateau nous a sauvés. J'avais 16 ans. À Lampedusa, la police a pris nos empreintes et on nous a fait des photos. On était 28. Ils sont tous partis mais pas moi. “C'est toi, Ellis ?”

On m'a mis des menottes et on m'a fait monter dans une voiture avec des policiers qui ne parlaient qu'italien. La sirène à travers la ville. Je pleurais. J'étais complètement perdu.

Puis, un Noir qui parlait anglais m'a expliqué que les passagers avaient raconté que je conduisais le bateau : "Donc tu es un passeur, on va te mettre en prison !" Je ne comprenais rien. Je suis resté seize jours dans un centre de rétention et puis la police a compris que je n'étais pas le passeur et ils m'ont donné une obligation de quitter le territoire italien. Des catholiques m'ont payé un billet pour sortir d'Italie. On m'a arrêté plusieurs fois à Vintimille.

Au bout d'un mois, j'ai réussi à prendre un train jusqu'à Marseille. En arrivant à la gare, j'avais froid. J'ai vu un gars qui dormait par terre. Je me suis couché à côté de lui et j'ai tiré un peu ses couvertures. Il m'a regardé sans rien dire. Le lendemain, quand je lui ai parlé, il m'a répondu dans ma langue : "Tu es aussi du Ghana, toi." On avait vécu dans des villages très proches mais on ne se connaissait pas. On a dormi un long moment à la gare Saint-Charles avant d'aller dans le même foyer. Il s'appelle Godwin et on est toujours en contact.

En juin 2021, je passerai mon CAP étancheur du bâtiment et des travaux publics. Je suis apprenti dans une entreprise d'étanchéité et je vais une semaine par mois à l'école. Dès que je gagne un peu de sous, je les envoie à ma mère. En ce moment, je suis en train de faire un gros colis avec des vêtements. Quand je sais que ma famille a de quoi manger, je suis content d'être ici. Je veux tellement que mon frère (6 ans) et ma sœur (9 ans) aillent à l'école. On se parle. Maman est contente car avec mon argent elle va peut-être pouvoir s'acheter un frigo.
Je pense beaucoup à eux.

J'AIMERAIS QUE MA MÈRE SOIT À CÔTÉ DE MOI. MÊME SI ELLE EST LOIN, ELLE VEILLE SUR MOI

Ali *Guinée*

JE SUIS NÉ À CONAKRY et j'ai une grande sœur, Eissatouli.

Mon père nous a quittés quand j'avais 14 ans. Il faisait un peu de commerce. Quand il était là, j'allais à l'école. Le soir, tout le temps, c'était lui qui allait me chercher. Un jour, je l'ai attendu, il n'est pas venu. Quand ma mère est arrivée, je lui ai demandé : “Il est où papa ? – Il est parti.” On n'a plus jamais eu de ses nouvelles et on ne sait pas où il est. Il n'a rien dit. Ma mère ne m'a rien expliqué. Je ne sais pas ce qui s'est passé entre eux.

Ma sœur, une année avant le départ de mon père, avait abandonné l'école et s'était mariée avec un homme de la famille dans un village à une centaine de kilomètres de la capitale.

Une fois que mon père est parti, j'ai continué un peu l'école mais il n'y avait personne pour la payer, j'ai été obligé de l'arrêter. Je suis resté tout seul avec ma mère à Conakry. Je l'aidais pour les courses et la cuisine. Puis, nous sommes tombés tous les deux malades. Un problème de cœur.

Chez nous en Guinée, il n'y a pas de bons médecins et il n'y a pas d'appareils pour détecter les maladies. Je souffrais beaucoup. Souvent, ma maman me disait : “Ali, il faut être courageux, il faut travailler. Rien n'est facile.” Elle

m'encourageait beaucoup : "Ne reste pas les bras croisés. Un jour, tu vas me quitter alors, viens, je vais te montrer comment faire des choses et comment vivre dans la vie."

Ma mère me manque beaucoup. Elle m'a appris à cuisiner, à faire des prières. Elle m'a donné des principes comme ne pas boire, ne pas faire des escroqueries, ne pas être méchant, violent…

On vivait dans de mauvaises conditions. La vie était difficile. On ne mangeait souvent qu'une fois dans la journée. Ma mère ne travaillait pas. Elle sortait en ville pour demander de l'argent. Je restais seul. J'étais triste. En Guinée, ça ne va pas, il y a la guerre, les manifestations. Quand les étudiants ont fini leurs études, ils ne trouvent pas de travail. Quand j'ai vu sur les réseaux sociaux que des amis partaient, ça m'a poussé à quitter le pays.

Quand je suis parti, je n'ai rien dit à maman. Elle avait caché de l'argent, je lui en ai pris un peu et je suis monté dans un bus pour le Mali. J'avais à peine 15 ans.

Quand je suis parti, le voyage me faisait très peur. On savait ici qu'il y avait des gens qui mouraient sur la route et dans l'eau, mais qu'il y en avait aussi qui rentraient en Europe. Tout est une question de chance.

Quand je suis parti, ma mère ne savait rien. Elle demandait à tous mes amis où j'étais. Je ne l'ai pas appelée, elle m'aurait trop découragé et aurait voulu que je revienne.

Après le Mali, je suis allé en Algérie. C'était très dur. Je faisais de la maçonnerie, de la peinture, je travaillais dans le bâtiment. J'ai gagné un peu de sous pour pouvoir aller au Maroc. Je regrettais ma maman mais j'ai été soutenu par un ami, Mohamed, qui m'a montré comment travailler : “Un jour, c'est toi qui aideras ta famille, prends du courage.”

Quand je suis arrivé au Maroc, je n'avais plus rien. J'ai appelé ma mère. Elle m'a dit qu'elle ne pouvait pas m'aider, que la vie était terrible pour elle. Je suis resté caché cinq ou six mois dans une grande forêt au Maroc avec beaucoup de migrants. Comme je n'avais pas d'argent pour faire la traversée en zodiac, j'ai décidé de grimper sur les grillages entre le Maroc et l'Espagne.

On était 600 et beaucoup ont réussi à passer dans la ville espagnole de Ceuta malgré les chiens et la garde civile. Comme j'étais blessé – j'ai beaucoup de cicatrices aux jambes – on m'a fait monter dans une ambulance avec des personnes qui avaient des bras ou des pieds cassés. Je suis resté dans un camp pour mineurs pendant plusieurs mois, puis on m'a donné un laissez-passer et je suis arrivé à Chambéry, en France.

Je n’ai pas été reconnu comme mineur par le département mais j’ai été pris en charge par une association qui va faire un recours et qui va m’aider dans mes démarches. Elle place les jeunes mineurs comme moi dans des familles d’accueil. Quand elle n’en trouve pas on appelle le 115 pour pas rester dans la rue. On doit appeler le premier soir et après on a une place au CHU (Centre d’hébergement d’urgence).

On doit quitter la chambre le matin et on peut revenir le soir pour dormir. Aujourd’hui, je ne peux pas dire que ça va beaucoup mieux, mais quand même ça va un peu mieux.

J’ai pu recommencer l’école, je suis en CAP charpente, c’est bien. Je suis arrivé en cours d’année, j’ai fait beaucoup d’efforts et je suis deuxième de ma classe. Je l’ai dit à ma maman qui était très fière de moi.

Quand je revenais de l'école en Guinée, elle me disait de prendre mes cahiers pour travailler. Je ne pouvais pas aller jouer au foot avant d'avoir révisé. Elle était sévère et pouvait me frapper si je ne voulais pas. Mais quand j'avais des bonnes notes à l'école, elle m'offrait des cadeaux, des chaussures, un maillot de foot, ou un ballon. Le soir c'était mon père qui m'aidait à lire, calculer, écrire.

Il savait faire tout ça. Ma mère, elle, n'est jamais allée à l'école. Quand j'étais petit, j'avais des rêves. Je voulais être médecin. J'aime les sciences, et les mathématiques.

Aujourd'hui, je sais que ma maman continue à sortir chaque jour demander de l'argent pour manger. Ça me touche au cœur de l'imaginer dans la rue. Elle n'a pas de famille. Ses parents et son frère sont morts. Je ne les ai jamais connus.

Des fois, je regrette de l'avoir quittée, elle me manque beaucoup et je pense beaucoup à elle, mais il fallait que je parte. Ici, je me sens en sécurité. Je crois qu'il y a un avenir possible pour moi. Quand je travaillerai, quand j'aurai mes papiers, je lui enverrai de l'argent.

J'aimerais qu'elle soit à côté de moi. Elle a fait beaucoup de choses pour moi et maintenant j'aimerais faire des choses pour elle. Même si elle est loin, elle veille sur moi, elle me dit qu'elle voudrait entendre ma voix chaque jour, car elle est seule et que je lui manque beaucoup.

Depuis que je suis parti du pays je n'ai jamais baissé les bras, je pense à elle mais mon esprit est de regarder devant.

Ça va aller.

MAMAN A DIT "NON" À BEAUCOUP DE CHOSES POUR MOI

Grâce-Bénédicte *Côte d'Ivoire*

JE SUIS GRÂCE-BÉNÉDICTE. Mon père a choisi mon prénom pour la grâce et pour le "grâce à toi" des prières. Et "Bénédicte" parce que je suis bénie. Je suis née à Abidjan. Cela fait six mois que je suis arrivée en France. J'ai 16 ans et ma famille me manque beaucoup.

Ma mère et mon père se sont rencontrés dans leur village et ils sont venus ensuite à la capitale pour travailler. J'ai deux sœurs, Prisca et Olga, et un frère, Armel. Mon père est mort devant moi d'une crise d'asthme. J'avais 11 ans. Ma maman s'appelle Eugénie. Elle parlait beaucoup avec moi. Je pouvais tout lui dire. Elle me donnait plein de conseils, surtout qu'il fallait que je travaille bien à l'école parce que la vie était difficile. Pourtant, quand j'étais près d'elle, ce n'est pas ce que je sentais.

Ma mère avait une maladie de la peau avec de gros boutons. Elle avait aussi un problème de cœur. Mon père voulait qu'on fasse des études. En primaire, je ne savais pas bien lire et les élèves se moquaient de moi.

J'ai demandé un jour à ma mère de m'apprendre en lui donnant mon livre. Quand je me suis aperçue qu'elle ne savait pas lire, elle m'a dit : "Mais toi, apprends bien, tu pourras ensuite apprendre à ta fille."

Ma mère est intelligente. Elle connaissait les tables de multiplication. C'est elle qui me les a apprises. Elle parle français, alors qu'elle n'est jamais allée à l'école. Un soir, quand j'ai su bien lire, mon père a acheté un journal et m'a dit : "Lis comme une journaliste." Ma mère avait fait un plat spécial, du riz avec de la sauce aux feuilles de patates. Je lui disais toujours qu'elle n'y mettait pas assez de viande. Ce soir-là, il y en avait beaucoup. J'ai compris que c'était pour me fêter.

Mon père me chantait souvent la chanson de la France, l'hymne national. Il devait l'avoir appris quand il était petit, à l'école. Il y avait beaucoup de souvenirs pour lui dans cette chanson. Il me l'avait copiée sur une feuille et il était en train de me l'apprendre quand il est mort. J'ai perdu la feuille. Il me parlait aussi de la montagne du Mont-Blanc : "Là-bas, c'est la neige." Moi, je rêvais de la voir. Aujourd'hui, je l'ai vue sur le mont Blanc.

On vivait heureux, jusqu'au jour où mon père est mort. La vie est alors devenue très difficile. Sa famille n'aimait pas ma mère. Ils disaient tous qu'elle manipulait mon père. Ce n'était pas vrai, ils s'entendaient très bien.

Le frère de mon père nous a tout pris, la maison et tous les papiers. Il n'a rien laissé à ma mère. Chez nous, quand tu es une femme, tu n'as pas le droit de t'opposer à un homme. Il a forcé mes sœurs à se marier. Elles avaient 14 ans. Maman n'a rien pu faire. Elle pleurait et se sentait coupable. Elle était pourtant très courageuse. Elle faisait des ménages pour acheter de quoi manger pendant que, mon frère et moi, nous allions dans la rue demander de l'argent. Je me souviens d'une fois où elle est tombée. Elle avait des vertiges mais elle n'est pas allée à l'hôpital parce qu'on ne pouvait pas le payer.

Un jour, mon oncle nous a mis dehors. On l'a supplié, supplié, mais il nous a chassés. Nous sommes alors rentrés au village de ma mère pour vivre avec sa famille et ses frères. Nous n'avions plus d'argent pour payer l'école et ma mère a été obligée de nous envoyer aux champs. On ramassait du bois et on travaillait pour des gens en échange de légumes. Chaque jour, c'était comme ça et c'était la vie qu'on menait.

On avait de petites récoltes. Ma mère n'avait pas de terre à elle. Elle essayait de subvenir à nos besoins, d'imaginer comment nous allions pouvoir vivre le lendemain. Il n'y avait pas beaucoup de moments de joie. J'essayais de l'aider comme je pouvais, je voulais qu'elle retrouve le sourire.

Parfois, j'arrivais à la faire rire en lui racontant des choses drôles, des blagues que j'entendais.

Longtemps après, mon oncle l'a appelée. Je me souviens qu'elle a éclaté en larmes en l'écoutant. Ensuite, à chaque fois, elle pleurait.
“Pourquoi tu pleures quand tonton téléphone ?
— C'est rien”, elle me répondait. Mais un jour, elle me l'a dit : “Il veut te marier.”

Ma mère ne voulait pas que je sois comme mes sœurs qui souffraient dans leur mariage. Elle souhaitait que j'aille à l'école et que je sois épanouie comme les autres enfants. Mais mon oncle était le chef de la famille depuis la mort de mon père. Très vite, il est venu au village. Maman lui a dit : “Laissez-la vivre !” En plus, le monsieur qui devait être mon mari voulait que je sois coupée… excisée. Alors, ma mère a crié : “À son âge ! C'est mieux de la tuer tout de suite !”

Ma mère, elle, est excisée et mes sœurs aussi. Mais pour moi, maman ne voulait pas. Quand mes sœurs sont nées, toute la famille de mon père avait commandé qu'elles soient excisées, mais après, quand ils sont morts, ma mère s'est sentie plus libre et, quand je suis arrivée, elle n'a pas voulu qu'on me le fasse. Elle avait su par des campagnes d'information que ce n'était pas bon.

Maman a dit non à beaucoup de choses pour moi. Mon oncle a alors annoncé qu'il allait venir avec le monsieur qui voulait me marier. Il était quatre fois plus âgé que moi, il avait déjà deux femmes et plein d'enfants. Ma mère a compris qu'elle ne pouvait plus rien faire. Elle a alors décidé que je devais partir.

Elle avait une amie au Mali qui pouvait me cacher. On a travaillé dur pour payer le voyage, 2000 francs CFA (17 euros) et nous sommes parties car elle voulait m'accompagner. Sur place, son amie lui a promis qu'elle me mettrait à l'école. Ma mère lui a laissé un numéro de téléphone et, sans même dormir, elle est revenue tout de suite au village.

Mais son amie, Tantie, ne m'a jamais mise à l'école. Je faisais le ménage et je m'occupais de ses enfants. Quand j'avais cuisiné, elle me disait d'attendre pour manger qu'ils aient fini. Elle me frappait dans le dos par surprise, elle me donnait des coups, une fois dans l'œil, parce qu'elle disait que j'étais trop lente.

Je regrettais beaucoup ma maman, tellement gentille avec moi. Tantie l'appelait toujours quand je n'étais pas là et elle ne voulait pas me donner son numéro.

Elle fabriquait des beignets et des boissons que j'allais vendre sur le marché. À côté de moi, il y avait une fille, Awa, plus âgée que moi. Quand elle me demandait : "Mais pourquoi tu pleures ?", je lui disais que tout allait bien mais que ma maman me manquait.

Elle avait 25 ans, me consolait et partageait un peu de nourriture avec moi. Les clients, souvent, me disaient de garder la monnaie et Awa m'avait expliqué que dans leur tête c'était pour moi et pas pour ma Tantie. Sur le marché, il y avait toujours des groupes de gens qui voulaient traverser la mer pour aller en Europe. Le jour où Awa m'a confié qu'elle aussi, elle voulait partir je lui ai dit, sans réfléchir au danger : "Moi aussi."

J'avais 18000 francs CFA (20 euros) que ma mère m'avait laissés, plus la monnaie qu'Awa me gardait, car sinon Tantie me l'aurait prise.

Nous sommes parties un matin en camion sans rien dire à personne. Une fois arrivées en Algérie, on a dû marcher des jours et des jours pour arriver au Maroc. J'étais tellement fatiguée que j'étais tout le temps la dernière du groupe. Un jour, un Algérien m'a tirée vers le côté et a essayé d'enlever mes vêtements, heureusement un homme m'a aidée à me défendre et j'ai pu rejoindre les autres en courant. Au Maroc, on a pris un car pour Nador.

On n'avait rien à manger. J'avais toujours faim. Je ne pouvais pas quitter le Maroc car je n'avais plus d'argent. Awa, qui avait préparé son voyage depuis longtemps, en avait. Elle a trouvé un passeur pour partir.
Je lui ai demandé de parler au monsieur qui devait nous accompagner avec son bateau à rames jusqu'au bateau à moteur. Il a d'abord dit : "Sans argent, tu restes là !"

Et puis :
"Tu pourrais vider l'eau qui rentrera dans le zodiac ?
— Oui, je peux le faire."
Alors, il m'a laissée partir.

Le temps n'était pas bon, il y avait de grosses vagues. Ceux qui étaient assis au bord du zodiac tombaient dans l'eau et beaucoup sont morts. Moi, j'étais au milieu du bateau avec les femmes et les bébés. Ça nous a sauvés. Quand on est arrivés en Espagne, je suis allée dans un centre pour mineurs et Awa qui était majeure, dans un autre. Je n'ai plus jamais eu de ses nouvelles.

Je n'étais pas bien, des filles vendaient de la drogue. Ce n'était pas la vie que j'imaginais. Au Maroc, dans la rue, j'avais rencontré une amie de ma sœur, Mireille, qui venait de la Côte d'Ivoire et qui m'avait donné son numéro. Je l'ai appelée. Elle a pu contacter ma famille et j'ai enfin parlé à ma maman qui d'abord a essayé de me gronder : "Pourquoi tu as fait ça ? Tu aurais pu mourir." Mais elle pleurait de joie.

En Espagne, chaque semaine, on nous donnait un peu d'argent que je gardais pour pouvoir partir. J'ai pris un train pour une ville qui fait frontière avec la France. Puis un bus à 1 euro pour Bayonne, puis un autre à 19 euros pour Lyon. Et encore un autre à 8 euros pour Paris. Mais je me suis trompée, on est arrivés à Chambéry.

C'était le 15 janvier. Je n'avais pas de vêtements chauds. J'ai dormi sur le banc devant la gare. Le matin, j'ai demandé à des jeunes qui allaient à l'école où était la police. Là, on m'a envoyée dans un endroit pour mineurs. J'avais des papiers car, en Espagne j'avais demandé à maman de me les envoyer. Elle avait gardé les originaux mais j'avais les copies sur une clé USB.

Au début, au département, ils n'ont pas voulu m'écouter car ils ne voulaient pas se servir de la clé. Ils avaient peur des virus. Une dame, d'une association, s'est occupée de tout et elle a toujours été là pour me réconforter.

Je lui dis “merci” mais je ne sais pas quel “merci” je pourrais lui dire pour que ce soit plus grand que “merci”.

Alors, je dis “merci” avec tout le plus profond de mon cœur.

J’aimerais revoir un jour ma maman et l’aider. Je ne voudrais pas qu’elle soit dans la souffrance ou qu’elle meure avant. Elle a beaucoup fait pour moi. Elle n’a pas de téléphone alors j’attends qu’une personne aille au village avec un téléphone et je l’appelle. Mon frère vit avec elle. Il se débrouille, il fait de la mécanique. Pour l’une de mes sœurs, le mariage n’a pas été bien et elle est revenue au village avec ses enfants. Mon autre sœur n’en a pas eu.

J’ai pris des cours de français et maintenant je vais à l’école je fais une formation en vente en produits frais, c’est un CAP. Ça va durer deux ans. J’aimerais ensuite faire un bac professionnel en vente. Je suis bien aujourd’hui, je ne lâche pas prise mais ce qui est dur, c’est de ne pas être avec ma maman.

Tous les bénéfices et droits d'auteur provenant de la vente de ce livre seront versés à l'association Les Midis du MIE.

Le collectif a été créé à Paris en 2016 par Agathe Nadimi.
Sa mission ? Aider, nourrir, loger les mineurs étrangers isolés (MIE) laissés à la rue pendant la période où, leur minorité n'étant pas reconnue, ils ne sont pas pris en charge par les pouvoirs publics.
Aujourd'hui, le nombre des adolescents ne cessant d'augmenter dans les rues – et les dons de particuliers ne suffisant plus – les fondations de France et de l'Abbé Pierre apportent leur aide à titre exceptionnel pour l'achat des denrées alimentaires, nuits d'hôtel, vêtements, etc.

Pour contacter l'association et/ou la suivre :
www.facebook.com/lesmidisdumie
Par téléphone : 06 12 32 51 03

LES MIDIS DU MIE

Les Midis du MIE
Association solidaire
avec les mineurs isolés étrangers
18, rue de la Pierre-Levée
75011 Paris
SIRET : 839 514 866 00012

Remerciements

Marie-Françoise Colombani et Clarisse Quillet remercient pour leur confiance tous les garçons et filles qui ont accepté de se confier pour que ce livre existe.

Clarisse remercie également :

- l'association "Savoie Solidarité Migrants" ;
- pour leur soutien : Élisabeth, Georges, Aïssa, Aude, Lydie, Sandrine, Carine ;
- et pour leur patience : Paola, Nino et Aimé.

Marie-Françoise remercie :

- les bénévoles de Ramina (Réseau d'accueil des minots non accompagnés) ;
- pour leur aide : Maude Poupeau, Valérie Larrondo, Martine Imbert, Emmanuel Ernoult ;
- pour leur hospitalité : Bernard, Antoine et Benjamin ;
- Charlotte de Turckheim et Catherine Roig engagées sur ce terrain.

Pour le vieux P., ces douze leçons de résilience.
Parce qu'il n'est jamais trop tard.

Damien

Certifié PEFC

Ce produit est issu de forêts gérées durablement et de sources contrôlées.

PEFC™ 10-31-1470

pefc-france.org

Conception graphique Damien Roudeau, ouvrage réalisé par l'atelier graphique Actes Sud, reproduit et achevé d'imprimer en mars 2021 par l'imprimerie Sepec à Péronnas pour le compte des éditions Actes Sud, Le Méjan place Nina-Berberova, 13200 Arles.
Dépôt légal 1re édition : mai 2021
N° impr. : 08374210181
(Imprimé en France)

IMPRIM'VERT®